문 익 환

문익환 지음

청소년이
읽 ‥ 는
우리 수필

02

돌베개

기획위원

김윤태 서울대학교 인문대학 국어국문학과 및 동 대학원 졸업(문학박사).
현재 한신대 대학원 강사. 민족문학사연구소 편집주간.
저서 : 『한국 현대시와 리얼리티』.

채호석 문학평론가. 서울대학교 인문대학 국어국문학과 및 동 대학원 졸업(문학박사).
현재 한국외국어대학교 사범대학 한국어교육과 조교수.
저서 : 『한국근대문학과 계몽의 서사』, 『문학의 위기, 위기의 문학』.

김경원 서울대학교 인문대학 국어국문학과 및 동 대학원 졸업(문학박사).
현재 서울대학교 강사. 홋카이도 대학 객원 연구원을 지냄.
논문 : 「1945~1950년 한국소설의 담론양상 연구」, 역서 : 『마르크스 그 가능성의 중심』 등.

문익환 ─청소년이 읽는 우리 수필 02
문익환 지음

2003년 11월 22일 초판 1쇄 발행
2015년 6월 22일 초판 3쇄 발행

펴낸이 한철희 | 펴낸곳 돌베개 | 등록 1979년 8월 25일 제406-2003-000018호
주소 경기도 파주시 회동길 77-20(문발동)
전화 (031) 955-5020 | 팩스 (031) 955-5050
홈페이지 www.dolbegae.co.kr | 전자우편 book@dolbegae.co.kr

편집장 김혜형
책임편집 김현주·김윤정 | 편집 김수영·박숙희·이경아
본문디자인 이은정 | 인쇄·제본 백산

ISBN 89-7199-170-4 04810
     89-7199-168-2 04810(세트)

책값은 뒤표지에 있습니다.

이 도서의 국립중앙도서관 출판시도서목록(CIP)은 e-CIP 홈페이지
(http://www.nl.go.kr/cip.php)에서 이용하실 수 있습니다.(CIP제어번호: CIP2003001506)

문익환

청소년이
읽 .. 는
우리 수필

02

'청소년이_ 읽는_ 우리_ 수필'을_ 펴내며_

컴퓨터와 인터넷이 우리 삶 속으로 깊숙이 들어온 오늘, 책읽기는 한 컨으로 밀려난 듯합니다. TV나 영화 같은 영상매체가 우리의 감성을 지배한 지 이미 오래입니다. 또 전자 게임이나 애니메이션, 또는 VTR이나 DVD 영상매체 등이 특히 청소년의 정서나 감각에 지대한 영향을 미칩니다. 그래서 이른바 영상세대로 불리는 오늘날의 청소년은 문자보다는 이미지로 자신을 표현하는 데 더 익숙합니다. 그런 만큼 청소년들은 책을 통해 지식이나 정보를 얻는 것보다 영상을 통해 얻는 것이 더 편안하고 쉽다고 생각합니다. 그렇다고 청소년의 독서 능력이나 이해력이 곧바로 떨어진다고는 할 수 없지만, 아무래도 예전보다 책을 덜 읽는다는 사실은 부정하기 어려울 것입니다. 오늘날은 지식과 정보를 받아들이는 경로가 그만큼 다양해졌기 때문입니다.

이러한 상황에서 더욱 중요한 것은 정보의 처리 방식입니다. 어떤 경로를 통해 정보를 얻든, 그 정보를 체계화하고 논리화해야 할 필요가 있습니다. 그런데 정보의 체계화는 기본적으로 다양하고 풍부한 정보의 축적과 저장이 있어야 가능합니다. 다시 말해, 많이 보고 많이 듣고 많이 생각해야 한다는 것입니다. 이 말은 글쓰기의 3요소라 불리는 다독(多讀), 다작(多作), 다상량(多商量)과 비슷합니다. 그 중에서도 가장 기본은 많이 읽는 것입니다. 그만큼 독서가 중요합니다.

오늘날 청소년들은 입시 제도의 중압으로 고통받고 있습니다. 교과서 밖에 나오는 글이나 생각에 눈을 돌릴 겨를이 없다고 합니다. 입시에 필요한 지식과 정보만을 취할 뿐, 그외의 것에는 관심조차 두지 않는 실정입니다. 그러나 그렇게 얻은 지식은 눈앞의 목표에는 쉽게 이르게 할지 모르나, 광대하고 심오한 인류의 유산이나 새로운 미래의 세계를 이해하는 데는 별로 도움이 되지 않습니다. 그리고 궁극적으로는 자신을 좁은 세계에 가두고 맙니다. 폭넓은 독서를 통해 세상을 더 넓게, 더 깊게 이해하는 눈을 가져야 합니다. 우리는 이런 점에 주의를 기울이면서 청소년이 쉽고 재미있게 책과 친해질 수 있도록, '청소년이 읽는 우리 수필'을 기획했습니다.

많이 읽는 것도 좋지만, 좋을 글을 가려 읽는 일도 중요합니다. 세상에는 청소년들이 알아야 할 것이 너무도 많습니다. 하지만 그 가운데 어떤 것이 좋은가를 알아차리기는 쉽지 않습니다. 그만큼 독서의 방향과 내용(질) 또한 중요합니다. 개인의 취향이나 관심에 따라 읽으려는 자료와 그 내용이 저마다 다를 것입니다. 역사나 경제에 관심이 있는 사람이 있는가 하면, 과학이나 기술에 더 흥미를 느끼는 사람도 있습니다. 그러나 어떤 분야에 관심을 두든, 누구나 즐기고 또 알아두어야 할 것이 있습니다. 그것을 일컬어 흔히 '교양'이라고 하는데, 거기에는 아름다움, 지혜 혹은 진리나 선(善), 정의 등의 가치가 담겨 있습니다. '청소년이 읽는 우리 수필'을 통해 바로 이 같은 가치를 청소년들이 발견하고 느끼고 맛볼 수 있기를 기대합니다.

수필은 여러 문학 장르 가운데 누구나 쉽고 편하게 접근할 수 있는 장르입니다. 시나 소설, 드라마 같은 문학 장르들이 일정한 예술적 장치를 통해 우리 세상의 굽이굽이를 펼쳐 보여 주는 반면, 수필은 특별한 장치나 기교 없이 생활의 숨결과 느낌을 전해 주기 때문입니다.

이 기획은 우리 나라 근현대의 수필 작품들 가운데 가장 빼어나고 청소년의 눈높이에 맞는 글들을 가려 뽑아 작가별 선집 형태로 묶어 낸 것입니다. 여기에는 과거 일제 식민지 시대에 아름다운 문장으로 우리말과 글을 지켜 온 지식인 문인들도 있고, 비판적 지성과 실천적 행동으로 굴곡진 우리 현대사의 전개를 바로잡기 위해 애썼던 분들도 있습니다. 이들의 삶과 생각이 진솔하게 드러나 있는 아름다운 글과 문장이 오늘을 사는 청소년들의 가슴과 머릿속에 깊이 아로새겨지기를 희망합니다.

계속 좋은 수필과 좋은 문인들을 만날 수 있는 자리를 마련하도록 애쓰겠습니다.

2003년 10월
기획위원

차례

일러두기

1. 이 책은 문익환의 글들 가운데 청소년의 눈높이에 맞는 글들을 가려 뽑아 수록했으며, 각 글의 출처는 생략하였다.
2. 편지글의 경우 원문에는 제목이 없었으나 이 책에서는 편의상 제목을 달았다. 편지글의 날짜는 생략하였다.
3. 청소년들의 이해를 돕기 위해 일부 단어는 한자를 병기하여 그 뜻을 명확히 하였다. 병기한 한자의 음이 한글과 다른 경우엔 〔〕를 사용하여 구분하였다.
4. 내용상 뜻풀이나 보충 설명이 필요한 단어의 경우는 본문에 *를 표시하고 책 뒤에 용어 사전을 달아 이해를 도왔으며, 설명이 짧은 경우는 본문 옆에 작은 글씨로 처리하였다.
5. 본문의 ( ) 안 작은 글씨는 원문을 그대로 옮긴 것이다.

감사는 머리를 깊숙이 숙이는 겸손, 그것은 모든 것, 모든 사람을 경배하는 마음 자세이지요. 쌀알 한 톨 한 톨 씹으면서 감사하는 마음, 그것은 쌀을 경배하는 마음, 농부들을 경배하는 마음, 낟알이 움이 돋아 자라고 열매가 맺도록 해주는 땅·해·비·바람을 경배하는 마음이요, 이 모든 것을 마련해 주신 조물주를 경배하는 마음이지요. 감사, 그것은 자기밖에 모르는 닫힌 마음을 여는 일이지요. 아니, 닫힌 마음을 깨부수는 쇠망치라고 해도 되는 게 아닐까요. 오늘 아침의 경험 하나 빠뜨릴 뻔했네요.

제1부 아프고 슬픈 사랑만이 희망이에요

마음의 안식처, 보이지 않는 기둥
-37년을 하루같이 살아온 당신에게

이 달은 내가 세상에 태어나서 63년 고개를 넘기는 달인 동시에 당신이 37년을 하루같이 나의 마음의 안식처요 보이지 않는 기둥이 되어준 결혼 37년을 맞이하는 달이군요. 비록 몸은 떨어져 있어도 마음은 어느 때보다도 가까운 것을 느끼고 있어요.

지난 6월 1일은 참으로 즐거웠소. 그 좋아하는 인절미를 많이 먹지 못해서 당신은 퍽 서운한가 보지만 나는 그보다 사랑하는 사람들과 1시간 담소하는 즐거움이 너무 컸던 거죠. 당신은 37년 전보다 훨씬 더 충만한 아름다움을 나타내고 있었소. 37년 동안 우리는 결코 늙지 않았다는 것을 실감나게 해주었소. 늙지 않는 정도가 아니라 계속해서 쑥쑥 자라고 있구나 하는 것을 깨닫고 정말 기뻤소. 이것이 모두 우리에게는 갚아도 갚아도 도저히 다 갚아 낼 수 없는 사랑의 빚이 아니겠소? 그런데 당신과 나와의 지난 37년은 몽땅 내가 당신에게 빚지는 생이었죠. 당신이 아니었다면 나는 지금 없었을 거라고 믿고 있소. 당신은 몹시도 신경이 여린 나를 부드럽게 감싸 주는 대지의 품이었다고나 할지?

지난번 접견 때도 말했지만 파란 많은 민족의 63년 역사 속을 뚫고 걸어온 나의 생은 송두리째 사랑의 빚이라는 것을 고백하지 않을 수 없구려. 나는 훌륭한 부모님에게서 몸과 마음을 받고 그 그늘에서 구김살 없이 자랄 수 있었소. 너무나 좋은 스승들과 친구들, 형제들 사이에서 숨 쉬며 꿈을 키울 수 있었고. 게다가 당신 같은 짝을 만나 좋은 아들, 딸을 두고 바우, 보라 같은 친손자, 문칠이 같은 외손까지 두고 너무나 깨끗한 젊은이들과 가슴을 맞대고 살아갈 수 있다는 것, 그리고 예수에게서 하느님의 외아들로서 어떻게 살아야 하느냐는 것도 배웠지요. 그리고 나의 마음을 깨끗하게, 튼튼하게, 아름답게 살찌워 주는 많은 사상가, 문인, 예술인들의 피땀 어린 업적들 또한 사랑의 빚이 아니겠소? 그러나 조금 있으면 배식이 될 콩밥 점심이 내 앞에 놓이기까지 애쓴 모든 사람들의 손길들을 거쳐서 오는 사랑의 빚을 나는 요즈음 더 절실히 느끼고 있어요. 그 갈퀴같이 굳어지고 터진 손길들 위에 나로서는 갚아 낼 길이 없는 사랑의 빚을 갚아 주십사고 목이 메어 기도하곤 하지요.

조 목사 님은 지금 나의 생이 그 빚을 갚는 것이라고 했지만 어림도 없는 소리요. 이 겨레를 위한 나의 작은 고생은 이미 나에게 존경과 찬양으로 여러 갑절 되돌아왔으니까요. 빚만 더 진 셈이지요. 먹은 밥이 살로 가서 건강, 행복, 목소리, 마음, 생각, 뜻, 보람 있는 삶이 되는 것이 모두모두 복음이 아니겠소? 예수님은 마태복음 18장에서 나의 빚──내가 탕감받고 사는 사랑의 빚──을 1만 달란트˚라고 하셨더군요. 거기 비해서 내가 용서해 주는 빚이란 기껏 1백 데나리온˚이라는 것이었소. 그것이 얼마만한 차인가요? 현대 영어 번역TEV 성서는 1달란트를 1천 달러라고 번역했어요. 그때 로마의 화폐 가치를 오늘 미국의 돈으로 환산해서 번역한 거죠. 그런데 1달란트가 몇 데나리온이냐면 6백 데나리온이오. 그러면 1백 데나리온은 대략 150달러라고 보겠지요.

이렇게 예수님은 우리가 탕감받는 사랑의 빚은 1천만 달러인데, 그것을 용서받고 살면서 150달러 내게 빚진 사람을 용서 못한대서야 너무 야박하고 각박하지 않느냐고 말씀하시는 것입니다. 그러고 보면 주기도문의 죄의 용서를 비는 대목이 이해되는군요. 내가 150달러 용서해 주었으니 나의 1천만 달러 빚을 용서해 달라고 빌 수 있겠어요? 용서받지 않고는 살 수 없는 줄 알아 티끌 같은 빚이라도 용서해 보았습니다. 이런 심정으로 용서를 비는 것이 아니겠어요? 땅위에서 맺힌 매듭들을 용서로써 풀면서 살 때 하늘에서도 풀린다는 거죠.

오늘은 목요일, 하루 종일 용서를 빌면서 보내는 날, 우리 속의 모든 매듭들을 풀고 몸과 마음이 하나로 어울리는 기쁨을 주십사고 비는 날이오. 이렇게 우리의 나날은 1천만 달러 빚을 지면서 150달러 빚을 벗겨 주면서 용서하는 즐거움, 서로 푸는 즐거움으로 채워야 하는 것이 아니겠소? 다만 감사할 뿐이지요. 또 한 해 그런 기쁨을 뿌리면서 살아 봅시다. 정말 그날 뵈니까 아버님이 좀 부으신 것 같던데, 자세한 건강 진단을 받으셨으면.

성근이, 채원이 너무 말랐어. 나한테서 요가를 배워야 할 터인데. 은숙에게 써야 하겠기 때문에 오늘은 이만.

쌀알 하나하나에는 우주가 있구나
– 당신에게

뜻밖에 또다시 붓을 들게 되었군요. 이 때문이오. 이제쯤은 7월 편지
를 받아 보고 알았겠지만, 여기 와서 또 이 한 대가 부서지는 덕분에
치과의사 신세를 지게 되었군요. 지난 22일에 치과의사가 와서 보고,
부서진 이들을 때우고 씌우고 왼쪽 어금니 뺀 자리에 새로 해넣고 하
자고 해서 시작한 일이 예상 밖에 커졌구려. 모두 다섯 대를 손질하
는 데 35만 원이 든다는군요. 한 대당 7만 원이 드는 셈이지요. 자두
씨 하나 깨물어서 이 한 대 부서진 것이 계기가 되어 35만 원이나 내
던지게 되었다 싶으니 좀 아찔했지만, 시작한 일 안 할 수도 없는 형
편이구려. 이 하나만은 자랑할 수 있었는데 감옥살이 4년에 이가 엉
망이 되었구려. 나의 몸에 남은 민족 수난의 흔적으로 하느님 앞에 가
지고 갈 것은 이것이구나 싶은 생각이 들어 해달라고 했지요. 공주교
도소에서 한 이를 가진 채 땅에 묻히겠다는 좀 센티한 심정이라고나

할지.

지면이 좀 있기에 지난 주일 저녁밥을 받아 놓고 경험한 이야기 한 토막 적어 볼까요? 또 한 그릇 농민들에게 따끈한 빚을 지는구나 하면서 밥을 받아 놓고 가만히 들여다보고 있었더니, 흰 쌀알들이 잡곡을 밀어내고 온통 밥그릇을 독차지하지 않고 오히려 잡곡들 속에 용납되어 묻혀 있는 것이 그렇게 보기 좋을 수가 없어지는 것이었소. 농민들의 간절한 염원들이 담긴 쌀알 하나하나 너무 소중하게 느껴져서 이 소중한 낟알들이 이 한 그릇에 몇이나 될까 생각하니 그걸 셀 수 없다고 느껴지더군요. 그러니 무한인 거죠.

그렇게 생각을 하는데 그 쌀알 하나하나에서 천둥 치며 소나기 쏟아지는 소리, 이어서 구름이 걷히고 햇살이 쏟아지는 맑은 소리, 땅속에서 잔뿌리로 물 길어 올리는 소리가 들려오는가 싶더니 밤하늘의 별들이 반짝이며 쏟아지는 찬란한 광경이 눈앞에 전개되더군요. '아, 쌀알 하나하나에는 우주가 있구나! 하늘과 땅, 비와 바람, 해와 달과 별, 그리고 사람들의 정성 어린 마음과 생명의 손길이 빛나고 있구나!' 그런 생각이 들었소. 그런 생각이 들자 숟가락을 들 수 없는 심정이 되더군요. 그러다가 우주의 정기, 우주의 생명과 마음을 한 알 한 알 정성껏 그리고 맛있게 맛있게 씹어 먹었지요. 이렇게 해서 나의 몸은 농부들의 손을 거쳐 오는 우주의 몸이 되고 마음이 되는 것이었소. 황홀한 경험이었소. 이제 튼튼한 새 이를 가지고 더 잘 씹어

이 몸을 농부들의 간절한 염원의 화신化身, 우주의 생명과 마음의 화신으로 만들어야지요. 만드는 것이 아니라 그런 몸이 되는 것이 아니겠소? 이렇게 공주교도소 1사 2방은 또다시 무덤에 가서도 못 잊을 나의 마음의 고향이 되었구려.

당신의 편지는 19일 쓴 것까지 왔어요. 특히 윤의 어머니 글발* 정말 정말 반가웠어요. 전원 생활로 돌아갔다니 나가면 한번 같이 가봐야죠. 어머님이 내 걱정을 많이 하신다는데 이렇게 황홀한 하루하루를 보내는 아들 걱정은 왜 하실까. 걱정 놓으시라고 말씀 드리시오.

바우·보라의 다정스런 모습, 의근·성심의 마음으로 활기를 띤 우리 집, 교회 등 자못 그립군요. 창근·문규 이제는 대학 진학이 결정되었겠군요? 창해*의 물방울 하나처럼 이 시대를 살며 예술에 정진하고 있는 호근, 은숙의 나날이 쌀알 하나하나처럼 영글기를 빌고 있어요. 특히 안 박사의 건강을 위해서. 점심 배식 소리가 들려오는군요. 7월 9일 당신의 편지, 정말 좋은 산문시였소.

절망을 폭발시켜 부활로

−바우·보라 할머니, 나의 사랑 코스모스에게

어제 바우·보라의 너무너무 귀여운 사진을 받고 보니 세상이 좀 원망스러워지는군요. 그 귀여운 것들 자라는 걸 지켜보지도 못하고 그 재롱을 받아 보지도 못하다니. 전일은 바우가 제 아비, 엄마 만나서 재롱떠는 모습을 눈앞에 그려 보다가 운동 시간에 땅을 차고 넘어져서 팔다리가 찢기는 가벼운 상처마저 입었군요. 약 한 번 바르고 낫는 정도였지만.

뒷마당에서는 당신 좋아하는 해바라기가 고개를 숙이고 익어 가고 있구요. 내가 사랑하는 코스모스도 많이 피어 있어서 1시간 운동 시간이 즐겁지요. 지금은 예배 시간이겠기에 같이 예배 드리는 심정으로 나는 이 지면에 나의 질그릇에서 넘치며 풍기는 하느님의 마음을 옮겨 보기로 했어요.

오늘은 '하늘에 계시는 우리 아버지, 아버지의 거룩한 이름에 영광'을 비는 날. 오늘 아침 이런 기도를 올렸어요.

'사람들의 깜깜한 하늘에서 빛을 바라는 애타는 염원만으로 불타시는 하느님, 사람들의 절망이 있는 곳이면 한 발자국도 못 떼시고 희망의 간절한 염원만으로 가슴을 조이시는 하느님, 이 슬픈 염원만으로 영원히 우리와 함께 계시는 하느님, 태백산 줄기보다도 깊은 이 민족의 슬픔을 몰라주셨더라면 저는 당신의 얼굴에 침을 뱉고 돌아서 피를 토하고 죽었을 것입니다. 하느님, 우리의 슬픔이시여. 이 아침에도 당신의 슬픔이 푸른 옷깃에 스며 와 이렇게 온몸으로 와들와들 떨고 있습니다. 풀잎에 맺힌 이슬방울 하나밖에 안 되지만 이 슬픔, 당신의 바다 같은 슬픔에 던져 보아야 그 깊이는 보이지 않고 그냥 함께 뒤채다가 몸부림치다가 태백산 줄기 밑동을 흔들다가 물거품으로 스러질 뿐입니다.'

오늘은 목요일, 서로 용서하고 용서받으며 하늘과 땅에 맺힌 매듭이 하나하나 풀리기를 비는 날. 5시쯤 자리에 엎드리니 이 추운 신새벽 또다시 방방곡곡 찾아다니며 남자·여자·늙은이·어린이 할 것 없이 만나는 절명*의 비극을 조롱하는 것밖에 아무것도 아닌 것이오. 예수는 그런 단막극에 출연해 있는 것이 아니었소. 그는 갈릴리*의 천덕구니*들과 함께 계시는 하느님, 그들과 함께 절망하시고 슬퍼하시는 하느님만을 바라고 사셨던 것이오.

그런데 이제 그 무리들이 다 떠남과 동시에 그 하느님도 눈앞에서 사라져서 몸부림치시는 것이었어요. 그야말로 처절한 몸부림인 거죠. "엘리 엘리 라마 사박다니"는 실은 당신을 골고다˚에 내버리고 깜깜한 가슴으로 떠나가는 무리들의 절망 속에서 울려 나오는 소리였던 거죠. 그 절망할 수 없는 절망의 울부짖음이 예수의 가슴에서 찢어지는 아픔으로 메아리쳤던 것이라고 나는 생각해요. "어찌하여 나를 버리십니까?" 이건 결코 절망이 아니오. 눈앞에서 사라진 하느님께 이 같은 물음을 절규로 던짐으로써 그는 절대적인 절망을 결코 절망하지 않으신 거죠. 절망에 나를 주어 버리지 않고 절망에 나를 던지고 폭발해 버리신 거죠. 그렇게 하여 그는 절망을 폭발시켜 버리신 거요. 절대적인 절망을 거부하신 것이오. 이것이 바로 부정의 부정인 거죠. 절대적인 어두움, 절망, 죽음, 슬픔의 폭발, 이것이 바로 부활의 사건이 아니겠소?

　　이렇게 처절한 몸부림을 신학화해서 중성화시키고 단막극 희극으로 만들어 버리는 몰트만˚의 삼일 신앙은 오늘 우리와는 아무 관계가 없는 잠꼬대라고 해야 할 것 같군요.

　　10월 19일. 오늘 새벽 꿈에 누가 나의 「마지막 시」를 읽는 것을 들으면서 정신이 번쩍 들어서 눈을 떴더니 '에밀레' 종소리가 귀를 때리는 것이 아니겠소? 그 충격이 채 가시기 전에 아직도 아비의 눈이 열리지 않았다며 인당수에서 심청이가 울부짖는 '아빌레' 소리가 휘몰아치는군요. 심청이가 환생하고 눈을 뜨게 된다는 우리 겨레의 신학도 기독교 2천 년에 걸친 신학과 함께 비신화화되어야 하는 것이 아닐까요? 이 민족의 "엘리 엘리 라마 사박다니"는 바로 에밀레요 아빌레가 아니겠소? 그리로 돌아가야 한다는 게 갈릴리로 돌아가자는 마가복음* 저자의 메시지의 뜻이 아닐까요? 우리는 모두 그 뿌리로 돌아가서 가슴을 비비며 한 형제임을 확인하며 대화를 시작해야 하는 것이 아니겠소?

오늘 아침에는 어서 많이 먹어 빨리 살이 오르고 체중이 불기를 바라는 마음마저가 에밀레를 조롱하고 모욕하는 것 같아 밥을 먹고 싶지 않았지만, 에밀레의 생모도 눈물, 콧물 섞어 가며 밥을 먹었을 것을 생각하고 마음을 도사려 먹고 에밀레 한 알 한 알 더 야무지게 또박또박 씹어 먹었지요. 내 몸의 수억만 세포 하나하나가 에밀레로 울리기를 비는 심정이라고나 할는지요.

오늘 아침에는 예술, 종교까지가 에밀레를 모욕하고 조롱하는 일 같은 생각도 들었지만 마음만이라도 그 에밀레를 배신하지 않는 예술, 종교를 찾으려고 해야 하는 것이니까요. 우리 인간에게 그런 진실을 기대할 수 있을까요? 그 자리에 가선 우리 모두 죄인이 되는 수밖에 없을 것 같군요. 위선, 가면을 벗고 나서 나에게 무엇이 남을까요? 우리가 그 앞에 엎드려 용서를 빌면서, 모든 것은 위선이요 가면이라고 고백하면서, 그렸다가는 지우고 세웠다가는 허물어 버려야 하는 것이 아닐까요.

발바닥을 사랑해요
– 당신에게

오늘 아침에 시편* 131~136편까지 히브리* 성서로 읽고 고린도후서*
11장을 읽고는, 너무 햇빛이 좋아서 팬티만 입고 일광욕을 하면서 예
배 시간을 보냈구면요. 지금은 오후, 사랑하는 벗들과 같이 예배하는
심정으로 편지를 쓰는 거요.

　햇빛을 받으며 손바닥으로 온몸을 문지르는 일이 그대로 하느님을
예배하는 일이 되는 것을 나는 요사이 절실히 느끼는 거요. 이 질그
릇이 그렇게 소중해지는 거고, "네 이웃을 네 몸과 같이 사랑하라"는
말이 얼마나 실감 나는 말인지! 따뜻한 햇빛을 받으며 두 손바닥으로
애정을 담아 문지르다 보면 내 몸을, 아니 이 질그릇을 두 손으로 정
성껏 문지르듯 이웃을 살뜰히 사랑한다면 거기가 바로 하늘나라가 아
니겠소?

　그렇게 내 몸을 문지르다가 나의 두 손바닥은 마침내 발바닥을 문

지르게 되었지요. 발바닥을 문지르다가 나는 정말 가슴이 뭉클하는 것을 느끼는 것이오. 거의 햇빛을 못 보고 온갖 궂은 땅을 밟고 다니는 발바닥, 냄새나는 신발 속에서 무좀이 나서 귀찮아 죽을 지경이 되기 일쑤인, 나 자신도 거의 알아주지 못하는 발바닥, 나의 인생의 맨 밑바닥인 발바닥이 갑자기 눈물겹도록 고마워지는 거지요. 63년 동안 한 번도 고마움을 알아주지 않았는데, 불평 없이 나를 오늘까지 지고 다녀 준 발바닥이 고마워 더욱 뜨겁게 만져 주다가는 입술을 대고 키스해 주곤 하지요.

그럴 때면 대한민국에서도 가장 작은 발바닥으로 대한민국 천지가 좁다고 돌아다니는 당신을 생각하고, 나가는 날로 당신의 발바닥을 눈물로 닦아 주고 싶어지는 거예요. 키스도 해주고. 성경에 "좋은 소식을 전하는 자의 발이 얼마나 아름다운고?"라는 말이 있지만 '발'이 아니라 '발바닥'이라고 해야 하지 않을는지? 전할 좋은 소식도 없으면서 애가 타서 돌아다니는 발은 어떻다고 해야 할까요? 아마 "얼마나 서러운고"라고 해야 하겠지요. 이만하면 나의 오늘 아침 예배의 뜻이 무엇인지 알 만하겠지요.

나는 동주* 가 후쿠오카 감옥에서 죽기 전에 피눈물로 읊조리기만 하고 종이에 옮기지 못하고 간 시들을 어떻게 살려 낼 수는 없을까 하는 생각을 오래 전부터 해오고 있었는데, 우리와 예수와의 관계도 그와 같은 것이 아닐는지? 누가* 는 자기를 십자가에 못 박는 사람들의 죄를 용서해 달라고 비는 마음에서 절망적인 어두움을 뚫고 나간 예수의 마음을 읽었던 것이 아닐까요? 스테판이야말로 그 예수의 마음의 울림으로 생을 끝냈다고 누가는 믿었던 것이 아닐까요? 십자가란 하느님이 인류에게 용서를 비는 사건인 거죠. 그런 방식으로 인류에게 사죄를 선포하시는 거구요. 제4복음서 저자는 '사랑' 밖에는 할 말이 없었던 거구요.

그런데 나는 요새 슬픔이 씻겨 나간 사랑(헬라* 문명을 통과하면서)에 문제가 있다는 생각이 들었어요. 히브리 인*들의 하느님은 은총과 긍휼矜恤과 자비로 참고 참고 또 참으시는 분이셨어요. 제 태胎에서 나온 자식이 실패하고 고생하고 잘못되어 가는 것을 보면서 애를 태우고 가슴 아파하는 어머니의 마음을 긍휼이라고 한다면, 이건 사랑이기보다는 슬픔이지요. 그러나 그냥 슬픔이 아니라 사랑으로 푹 젖어 있는 슬픔이지요. 슬프다 못해 가슴이 찢어져 피를 쏟는 사랑이지요. 불교에서 말하는 대자대비*도 이와 비슷한 것이 아닐는지?

그동안 우리의 주석*은 문자에 너무 얽매여 있었던 것이 아닐까요? 우리는 예수의, 하느님의 마음을 울려 내는 일을 주석의 과제로 삼아야 하지 않을는지? 그런 점에서 참 좋은 주석은 성서학자들에게서보다 예술이나 문학에서 찾을 수 있는 것이 아닐까요? 어제는 '악에서 구해 주소서'를 기도하는 날인데 저녁에 자리에 들어 이 기도를 드리다가 깨달은 것은, 악을 쳐부수는 것이 아니라 악에서 건져 달라고 비는 것은 소극적이 아닐까 하는 것이었소. 분명히 소극적이지요. 그러나 예수님은 악과 싸우는 것을 우리 기도의 핵심이라고 생각하신 것이 아니라 하늘나라의 건설을 핵심이라고 생각하셨던 것이라는 것을 어제야 깨달을 수 있었어요. 오늘은 이만큼 쓰기로 하지요.

용서를 비는 하느님

하루 두 끼니 내 몸에 채우는 열, 즉 에너지는 바로 쌀 한 톨 한 톨에 담겨 있는 이 땅의 가난한 농민들의 애타는 염원이요, 그 염원으로 불타오르는 하느님 사랑의 뜨거움이기 때문에 요까짓 추위쯤이야라고 생각하며 이 겨울 추위를 녹여 버릴 거예요.

마침 오늘 당신의 편지가 곁들인 백두산 천지 사진이 들어와서 흐뭇했어요. 그 추운 백두산 꼭대기 흰 눈 위에 피어 있는 노랑꽃 나무의 싱싱한 푸르름, 그 그림을 벽에 붙여 놓고 보면서 나도 저 강인한 생명의 아름다움으로 이 겨울 추위를 웃어 줄 것이오. 또다시 고맙군요. 그 그림에 딸린 시도 좋았구료. 이역 만리 타향에서 고국의 통일을 비는 그 애타는 마음으로 내 가슴도 탈 테니까…….

이스라엘의 구원을 보기 전에는 눈을 감을 수 없었던 시몬, 안나처럼 이 나라의 구원, 곧 이 나라의 통일을 보시기 전에는 우리 아버님, 어머님도 눈을 감으실 수 없는 것이죠. 이제 아버님, 어머님도 그 확신을 하느님께 받으셨으니 얼마나 고마운 일이오.

발바닥을 사랑해요

어쩌다 보니 용서를 비시는 하느님의 모습을 거의 매번 언급하는 것 같군요. 눈만 감으면 그런 하느님의 모습이 언뜻언뜻 비치고 그 모습이 내 마음에 깊이 파고드는 때문인가 보오. 본회퍼는 '하느님의 무력'을 말했는데, 그 의미는 별로 밝히지 못했던 것이 아닐는지? 나는 그걸 이렇게 이해하고 싶군요. 하느님은 무력하신 것이 아니라 다만 손을 쓰실 수 없으신 거라고. 왜? 우리의 운명, 역사의 운명을 사람들에게 완전히 맡기셨기 때문이지요. 가슴이 터지는 아픔을 겪으시면서도 다만 보고 계실 수밖에 없으신 거죠. 그러니 가슴이 터지는 아픔으로 용서를 빌밖에 없는 거죠. 그것이 바로 하느님의 슬픔이 아니겠소?

동양에서 부모상을 당하면 자식은 죄인이 되죠. 부모의 은혜를, 그 엄청난 빚을 다 갚았다고 장담할 수 있는 자식이 없지요. 절대로 그러한 부모상을 당해서 죄인이 되지 않을 자식이 없지요. 그러나 그 마음과, 자식에게 용서를 빌고 싶은 마음은 또 다른 것 같아요. 자식에게 용서를 빌고 싶은 마음은 그냥 아픈 거예요. 그것이 하느님의 마음일 것 같군요. 그 하느님의 슬픔이 때로는 무서운 분노로 폭발하면서 역사 속을 흐르는 거죠. 하느님의 마음에 가슴을 열고 있는 사람들(역사의 주인)의 마음에 울리면서!

하느님이 역사를 이끄신다면 사람들의 마음에 울리는 당신의 슬픔으로 이끄신다고 믿어야 할 것 같군요. 찢어지는 가슴에서 당신의 뜨거운 피를 역사 속에 쏟아 부으시면서 그 아픔과 슬픔으로 역사를 움직여 나가신다고 나는 믿어요. 그런 의미에서 십자가는 몰트만*이 생각하듯 성부*와 성자* 사이에 서 있는 것이 아니라 용서를 비는 하느님의 슬픔으로 역사의 한복판에 서 있는 거죠.

십자가는 인간의 절망과 고뇌를 메고 어두움에 도전한 사건이라는 면과 함께 용서를 비는 하느님의 아픔과 슬픔이라는 두 면을 지니고 있는 거요. 그런데 이 둘은 하나인 거요. 하느님의 마음이, 그의 슬픔이 인간의 절망과 고뇌를 외면할 수 없었던 거죠. 그 마음이 곧 용서를 비는 마음이오. 인류에게 사죄를 선포하는 것이었죠. 이렇게 진정 아프고 슬픈 사랑만이 맺힌 매듭을 풀고 막힌 담을 허물고 가슴과 가슴으로 만나 하나가 되게 하는 것이지요. 그런 의미에서 십자가를 하느님과 인간의 화해라고 본 바울*은 십자가의 뜻의 깊이를 바로 들여다보았다고 하겠지요. 민족 화해라는 것도 말이야 쉽지마는 진정 십자가의 절망과 고뇌, 그 아픔과 슬픔, 모든 것을 용서하고 용서받는 하늘 같은 마음에서만 울려 나올 수 있는 말이겠지요.

1981년 크리스마스에 사랑하는 이들에게 주고 싶은 나의 마음은 어제 말했지만, 여기 다시 적지요. "이 슬픈 땅 산허리에서 뿜어내는 아침 햇살이어라. 아침 햇살을 숨 쉬는 사랑의 눈물이어라. 진실의 반짝임이어라." 사랑과 진실이 하나가 될 때, 그것은 끝도 없는, 깊이 모를 슬픔이 되는 것 같소. 그런 슬픔만이 역사를 움직이는 힘인 거고,

그런 슬픔이 역사를 움직이게 되어야 하느님의 마음이 역사에서 실현된다고 말해야 할 것 같구려. 오늘은 이만큼 쓰지요.

노래 부르고 싶은 마음

아침을 먹고 앉아 찬송을 부르는데 내 귀를 의심할 정도로 나의 목소리가 부드럽고 여유 있고 우렁차지 않겠소? 나의 한창 시절이었던 20대에도 이런 목소리는 내게서 나 본 일이 없을 거라는 생각이 드는군요. 〈해방의 종소리〉, 〈뜨거운 마음〉, 〈맑은 샘줄기 용솟아〉 등을 부르다가 또 허밍으로 부르다가 무슨 생각을 했는지 아시오? 찬송가를 들여다보며 가사에 정신이 팔려 옆에 있는 사람도, 하느님도 잊고 찬송을 부르는 예배 형식을, 허밍만으로 하늘의 마음, 형제들의 마음과 같이 울리는 경험을 하는 예배로 형식을 바꾸어 보고 싶은 생각이 들었어요.

작곡가들이 제목만 있고 가사가 없는 허밍용 찬송을 작곡해 준다면 얼마나 좋을까요? 글자에서 풀려나서 옆의 사람과 손을 잡고 어깨를 걸고 몸을 흔들면서, 때로는 손뼉을 치면서, 옆의 사람 어깨를 툭툭 치면서 마음과 마음이 울려 찬송을 부른다고 생각해 보세요. 바삭바삭 마른 목소리가 물기 오른 싱싱한 젊은 목소리가 되니까, 미친 소리 같지만, 두 며느리의 지도를 받아 가면서 성악 훈련을 본격적으로 받아 보고 싶은 생각이 다 드는군요. 오페라는 무리지만 성심에게서 가곡을 배우고 싶어졌구요. 오현명 선생에게서 한국 가요 창법도 배우고.

지난번 금식 기도 후로 나는 몸과 마음이 이렇게 새로워지고 젊어졌군요. 그동안 당신이 육감이 있어서 노래들을 들여보내 주었나 보죠? 지금도 나의 코끝에는 포스터Foster의 〈Beautiful Dreamer〉가 향내처럼 묻어 있어요. 그렇게 배우고 싶으면서도 못 외던 〈선구자〉도 3절까지 보지 않고 부를 수 있게 되었구요. 박태기 선생 작사, 작곡인 〈은진 교가〉를 부르면서는 좀 눈물을 흘리기도 하구요. 쪼깐이들과 같이 부르던 노래들을 흥얼거리면서는 콧날이 찡해 오기도 하구요.

난 요새 "윗물이 맑아야 아랫물이 맑다"는 한국 속담을 회의하기 시작했어요. 이건 군주 시대의 속담이에요. 민주주의 시대에는 "아랫물이 맑아아 윗물이 맑다"로 바뀌어야 한다고 생각하게 되었소. 윗물이 맑기를 기대하는 것은 그야말로 연목구어緣木求魚가 아니겠소? 아버님이나 동환이가 생각하는 '국민교육', '민중교육', 안 박사나 서 목사가 생각하는 '민중신학', 내가 깨친 '새살의 생명' 등은 다 아랫물을 맑게 하자는 것이 아닐까요? 맑은 호수에 비친 제 얼굴을 보고 사람들이 그 호수 물로 얼굴을 씻게 되어야 하지 않을까요. 이 일을 위해서 한국에서 기독교와 불교는 손을 잡아야 할 것 같군요. 하느님의 나라와 함께 회개를 외치신 예수의 심정을 이제야 겨우 이해할 수 있을 것 같군요. 사랑.

발바닥을 사랑해요

나에게 이 뜨거운 마음을 안겨 준 당신은 나에게 하느님의 사도인 거죠. 그 불덩어리를 뜨겁게 안고 이 겨울 추위쯤 간단히 이겨 내는 거죠. 만세, 만세. 저녁이 들어왔군요. 입에 침이 돌아서 이만.

희망의 씨

−또다시 할머니 보라 꽃에게

1월 11일. 오늘 아침 의무과에 나가 체중을 달아봤더니 놀랍게도 이틀 동안에 4.5~5킬로그램 불었군요. 아무리 계산해 봐도 그렇게 불 만큼 먹은 것도 아닌데 말이오. 기현상이군요. 이제 정말 우유, 계란, 고기들을 먹지 않고 채식만으로도 충분할 것 같은 느낌이군요. 요가 하는 사람들이 아주 적게 먹고도 충분히 건강을 유지한다는 것이 남의 이야기만은 아닌 것 같군요. 사람의 몸이란 서양의 과학적인 의학만으로는 다 설명되지 않는, 우리가 모르는 신비가 너무나 많은 것 같다는 것을 이렇게 나의 몸에서 느끼다니 감사할 뿐이오. 저번 접견 때도 말했듯이 희망이나 기쁨은 그 내용도 몸에 직결되어 있지만, 그것 자체가 뇌하수체˚와 편도선에 작용해서 사람의 몸에 생기를 불어넣는다는 것을 잡지에서 읽고는, 희망이나 기쁨은 그것 자체로서 몸의 진실이라는 것을 깨달았어요.

1월 13일. 희망의 내용이 아무리 나쁘고 하잘것없고 터무니없는 것이라도 그것이 희망인 한 그것은 우리의 몸에 생기를 불어넣는다는 말이 되겠지요. 그 대신 절망이란 몸을 죽이는 몸의 최대의 적인 거구요. '절망은 죽음에 이르는 병'이라는 키에르케고르의 대명제는 그대로 몸의 진실이기도 한 것을 현대 의학은 기어코 밝혀낸 것이지요. 그런데 그 희망이라는 것들이 키에르케고르에게 있어서는 '죽음' 때문에 모두 절망으로 끝나는 것이었지요. 한편 모든 아름다운, 애타는 희망들을 부수어 버리는 절망도 있는 거요.

여기 갇혀 있는 재소자들이라고 희망이 없겠소? 농촌을 등지고 도시로 밀려들 때의 희망들이 도시의 비정에 부서져서 떨어지는 곳이 바로 교도소라는 이름 좋은 곳이 아니겠소. 국제적으로 이 민족의 희망은 열강의 이권 쟁탈 행위에 눌려 박살이 나는 거구요.

남의 희망들을 부수고서야 성취되는 나의 희망은, 그것이 아무리 소중하고 빛나는 것이라고 해도 용서받을 수 없는 죄악이구요. 무엇으로도 깨어지지 않는 희망은 예수와 함께 겟세마네와 골고다의 절망 속에서 모든 희망의 무덤인 죽음의 절망을 꺼지지 않는 뜨거운 염원만으로 폭발시킬 때에 비로소 거기서 빛으로 치솟는 것이라는 것이 저간의 나의 경험이었소. 그러나 이것은 어디까지나 깨달음일 뿐, 우리의 생은 예수와 함께 아직도 어둠과 절망 속을, 빛을 그리는 '잔디 씨 속의 완벽한 어두움'을 터뜨리는 염원으로 살아갈 뿐인 거죠.

저 나°이 어린 재소자들의 암담한 절망 앞에서 내가 어떻게 혼자 기뻐할 수 있으리오. 오늘 새벽에 기도하다가 저 나 어린 재소자들의 절망을 어떻게 좀 읊어 줄 수 있을 것 같은 느낌이 들더군요.

지난번 접견 때 말한 비극적인 소설도 살인범을 소재로 하는 것이 될 거예요. 선호가 사 주었다는 비극에 관한 책들을 읽어 보면 기독교인이 비극을 쓸 수 있느냐는 것이 여기저기서 문제가 되어 있더군요. 소설이나 희곡이 죽음 이쪽의 인생을 그리는 것이라면, 기독교인이라고 해서 철저한 비극을 못 그린다는 법이 없지 않을까 싶군요. 철저한 절망과 비극을 그리는 것은 그만큼 뜨겁게 희망과 기쁨을 열망하고 있다는 고백 행위가 되는 것이 아니겠소? 아, 전과자들의 암담한 절망 속에서 희망의 씨를 찾아내어 키울 수 있다면 그것이야말로 무엇으로도 바스러지지 않는 우리의 희망이 되는 것일 텐데.

지난밤부터 두툼한 이불을 깔고 덮고 해서 잤더니 어찌나 뜨뜻한지 모르겠소. 역시 솜이 털보다 훨씬 방한과 보온에 좋군요. 우리 문익점° 할아버지가 역사상에서는 한때 역적으로까지 몰렸지만, 그가 이 민족에게 준 혜택이 얼마나 컸었느냐는 것을 새삼 느끼게 되었소. 솜옷 없이 살던 민족이 솜옷을 입게 되었다는 것, 이것이 바로 구체적인 생 속으로 스며드는 복음인 거죠.

아버님이 케일° 씨를 봉투에 넣어 가지고 다니시면서 만나는 사람마다 선전하고 나누어 주시던 일, 지금 건강 증진 기계를 뭇사람°에게 제공하는 일, 당신의 몸을 의학 발전을 위해서 바치기로 유서를 남기시는 일 등이 다 문익점 할아버지의 피를 받은 마음에 그리스도의 복음이 뿌리를 내린 데서 나타나는 행동이라고 새삼 깨닫게 되는군요.

요새 실학에 대한 관심이 부쩍 높아 가고 있지만 함흥의 이제마˚ 선생에 관한 이야기는 들어 볼 수 없군요. 사실은 실학자들 가운데 그만큼 우리의 생활에 혜택을 준 사람이 없는데 말이오. 그는 국방에 관한 연구를 해서 진언進言˚했다가 받아들여지지 않자 경제에 관한 연구를 해보았으나, 이것도 거부되니까 국민 건강을 위해서 의학 공부를 하여 유명한 사상의학˚을 발전시켜서 항구적인 공헌을 한 것이었지요. 사랑이란 이렇게 구체적인 모습으로 나타나야 하는 거죠. 실학 정신을 구체적으로 실천한 이제마 선생을 실학 연구가들이 언급조차 않다니.

바위 같은 아버님
– 온 벌판 젖빛 올라 파란 봄길

어머님.

방우*는 방우일 뿐이지요. 어머니(아버님은 바위를 방우라고 부르셨지요), 방우는 그냥 방우로서 좋은 거 아니겠어요? 그러니 더 멋진 방우가 되려고 꾸밀 필요가 없어요. 그냥 생긴 대로 당당하니까요. 하늘을 우러러 구름을 쳐다보면서도, 비바람에 씻기면서도 당당하지요. 캄캄한 밤중 으슥한 숲 속에 서 있는 방우는 얼마나 믿음직합니까?

방우가 누굴 속이는 걸 본 일이 있습니까? 방우는 그냥 생긴 대로 진실이지요. 저 까불까불하는 토끼들을 속이겠습니까? 재롱둥이 다람쥐들을 속이겠습니까? 날아와 앉아 지저귀다 푸드덕 날아가는 참새를 속이겠습니까? 까치를 속이겠습니까? 저 간사한 여우를 보면서도 허허 웃을 뿐, 그냥 생긴 대로 진정*이지요.

87년은 결코 짧은 세월이 아니었습니다. 그 긴 세월 아버님은 파란만장한 민족 수난사를 한 걸음도 비껴 서지 않고 그 한복판을 그냥 덤덤히 이날까지 걸어오셨습니다. 기뻐도 기쁘지 않은 듯, 슬퍼도 슬프지 않은 듯, 그렇다고 별로 화를 크게 터뜨리는 일도 없이. 일본 사람을 왜놈이라고 멸시하는 기색도 없으셨지요. "칼을 쓰는 자는 칼로 망하느니라"고 말씀하실 때도 그냥 덤덤하셨구요. "내가 자진해서 바칠 수는 없어. 그러나 당신들은 힘이 있으니까 빼앗아 가구려." 그렇게 빼앗기면서도 아버님은 담담하셨고, 빼앗아 가는 사람들도 그런 아버님을 우러러보았던 것이 아니겠습니까?

방우의 그 덤덤한 진실 앞에서는 '사랑'이라는 말도 영 무색해졌습니다. 인류가 사랑이라는 말을 갖가지 말로 생각해 내기 전, 그 아득한 진화의 과정에서 이미 유전인자에 아프게 새겨지기 시작했던 눈물 어린 사랑도, 방우의 진실 앞에서는 다람쥐의 재롱처럼 그냥 귀엽고, 도라지꽃처럼 그냥 그렇고 그렇게 보일 뿐이었습니다. 그런데 그 진실에서 풋사랑의 내음이 풍겨 오는 것 같아서 눈을 반짝 떠 보았더니, 이게 웬일입니까. 아버님은 푸슬푸슬 부서져 내리는 방우였습니다. 87년 하루같이 튼튼히 걸어오시던 발걸음이 휘청하며 소나무를 붙잡고 숨을 몰아 쉬는 바람이었습니다.

그런데 그 바람의 발바닥 자국들이 가슴 화끈하게 숨을 쉬고 있군요. 그 숨결을 사랑이라고 부르자니 좀 속된 것 같아 그냥 마음이라고 불러야 하겠습니다. 눈으로 볼 수도 없고, 귀로 들을 수도 없고, 손으로 만질 수도 없고, 가슴으로 안을 수도 없는 그냥 덤덤한 마음이군요. 유난히 컸던 그 경륜과 뜻도 온갖 기억도 부서지고, 그렇게도 애타게 기다리시던 민족 통일의 열망마저 푸슬푸슬 부서져 내리는데 말입니다.

감사란 마음을 여는 일
– 바우 할머니에게

확실한 것도 기다린다는 것은 역시 가슴 두근거리는 일이군요. 어제 아침 인왕산 기슭을 황금빛으로 불 지르며 떠오르는 해를 보았기 때문에 오늘 아침에도 그 빛나는 해가 솟는 걸 보리라는 기대로 밤새 가슴이 부풀어 있었다오. 새벽녘이면 늘 나의 잠을 깨우던 절간의 목탁 소리에 일어나 앉아 목탁 소리와 범종 소리에 맞추어 성경을 읽으며 해 뜨기를 기다렸다오. 범종과 목탁 소리에 맞추어 성경을 읽고 명상을 하는 것으로 나는 불교와 기독교의 장벽을 넘어 '큰마음'을 조금이라도 숨 쉬게 되는 걸까요?

드디어 동녘이 환히 밝아 오자 창을 열고 일어서서 경건한 자세로 합장*하고 기다리며 대지와 함께 깊은 숨을 쉬기 시작했더니, 아직은 어둑어둑한 대지도 나와 같이 숨을 쉬는 것을 보는 것 같았소. 아니, 내가 대지와 함께 숨을 쉬며 해 뜨는 걸 기다린다는 생각이 들더군요.

얼마를 기다렸을까. 황금빛 불길에 내 눈이 감당할 수 없이 뜨거워 눈을 한참 감았다가 떴더니 어제 아침에 봤던 수정 빛깔로 이글이글 타는 해가 반쯤 솟아 있는 것이 아니겠소.

이렇게 오늘도 영원히 한결같이 맑고 뜨거운 해를 우러르며 그지없는 기쁨과 감사로 시작되었다오. 곧이어 해를 예배하는 요가를 하고 안도현의 시집에서 「귀」(歸)(돌아감)라는 시를 읽다가 눈을 들었더니 해는 화등잔* 같은 눈망울로 나를 들여다보며 "돌아가긴 어디로 돌아가" 하며 귀청이 떨어지게 호통을 치는군요(해방 후 근 50년 한문을 안 썼더니 '돌아갈 귀' 자가 알쏭달쏭하네요).

어제 나는 어떤 제도에 담겨지는 것이든 특히 우리가 회복하려고 안간힘을 쓰는 민주 제도에 담아야 하는 모든 값나가는 것들을 맛있게 하는 것은 감사가 아니겠느냐는 생각을 요새 하게 되었다는 말을 했지요. 그런데 그건 맛을 내는 데 멎는 것이 아닌 것 같아요. 감사란 자기 비하, 비굴, 열등감에 사람을 빠뜨리지 않으면서 진정으로 겸손하게 만드는 것이라는 생각이 드는군요. 대학 교수가 시골의 농투성이* 앞에 진정으로 머리를 숙이게 하는 겸손이 감사에서 오는 것 아니겠어요? 사실 낫 놓고 기역자도 모르는 농군이 농사를 지어 주지 않으면 무얼 먹고 학문이라는 걸 하겠어요? 어찌 농사꾼뿐이겠어요? 생각해 보면 세상에 머리를 숙이고 고맙다고 하지 않을 사람이 없는 거지요 뭐. 그러고 보면 감사란 모든 사람을 마음 깊은 데서 아끼고 존중하고 떠받들며 살아가게 하는 마음, 사회 생활 전체를 기쁨으로 엮어 나가는 결이요 올이라고 해야 할 것 같군요.

감사는 머리를 깊숙이 숙이는 겸손, 그것은 모든 것, 모든 사람을 경배하는 마음 자세이지요. 쌀알 한 톨 한 톨 씹으면서 감사하는 마음, 그것은 쌀을 경배하는 마음, 농부들을 경배하는 마음, 낟알이 움이 돋아 자라고 열매가 맺도록 해주는 땅·해·비·바람을 경배하는 마음이요, 이 모든 것을 마련해 주신 조물주를 경배하는 마음이지요.

감사, 그것은 자기밖에 모르는 닫힌 마음을 여는 일이지요. 아니, 닫힌 마음을 깨부수는 쇠망치라고 해도 되는 게 아닐까요. 오늘 아침의 경험 하나 빠뜨릴 뻔했네요. 내 눈이 감당할 수 없이 쏟아져 들어오는 햇빛, 그건 저 높은 담 위에 처져 있는 가시 쇠줄을 녹여 버리는 것이었어요. 감사란 나를 나의 욕심의 세계에 가두어 두는 모든 걸 녹여 버리는 햇빛과도 같은 것이라고 해도 되겠지요.

우선 감사로 넘쳐 나는 사람은 그 고마움을 아는 사람이건 모르는 사람이건 만나는 대로 이야기하지 않고는 못 견디거든요. 그건 일종의 자랑이지요. 자랑치고는 제 자랑이 아니라 남의 자랑이니까 듣는 사람도 기쁘지요. 이렇게 감사는 담을 헐어 버려요. 감사에 들떠 있는 사람은 아무리 작은 것이라도 누구에게나 주고 싶어 안달을 하지요. 그것도 전연 돌아올 걸 기대하지 않으면서 말이오.

이 같은 세상이 온다면 이 세상이 얼마나 살맛 나겠어요? 그런데 그게 다 감사하는 마음에서 오는 거거든요. 그래서 바울은 "모든 일에 감사하라"고 했던 거죠. 그 감사 때문에 그는 온갖 어려움, 위험을 무릅쓰고 지중해 일대를 좁다고 네 번씩이나 돌면서 자기를 주고 주고 주다 죽으면서 하느님께 감사했던 것 아니겠소?

　나도 이렇게 하루 한 장씩 편지를 쓸 수 있다는 것도 감사하고. 오늘은 이만.

몸의 진실과 마음의 거짓
– 당신에게

난 언젠가 진실은 몸에만 있다는 것, 거짓은 언제나 마음으로 들어오는 것이라는 걸 쓴 일이 있었지요. 그래서 석가여래는 마음까지 비운 '공'의 상태에 다다라야 세상이 제대로 보인다고 『반야경』에서 말했던 거죠. 사팔뜨기가 되었던 눈이 제대로 돌아 산이 산으로, 나무가 나무로 제대로 보인다는 말이지요. 그러나 그때 사물을 제대로 보는 것은 눈이지만 보는 것을 그렇게 알아보는 것은 마음이죠. 마음은 모든 욕심, 모든 거짓을 비울 때 마음이 된다는 말이겠지요.

난 요새 신비 중의 신비는 '사람의 몸은 흙인데, 그 흙이 사람 속에서 마음으로 눈을 뜬다'는 사실이라고 생각해요. 흙=몸=마음, 이 셋이 하나라는 것이 나는 신비해서 못 견디겠군요. 흙이 잠재적인 생명이라면 그건 눈을 뜨지 않은, 잠자는 마음이 아닐까요? 흙에서 시작해서 의식의 절정인 인간에 이르는 사이에는 식물→곤충→새, 짐승으로 의식의 점진적인 단계가 있는 거구요. 우주에 충만해 있는 생명은 우주에 충만해 있는 마음이구요. 에베소서*의 저자가 "하느님은 만물 위에 계시고 만물을 꿰뚫고 계시고 만물 안에 계시다"(4:6)고 했을 때 바로 이걸 말하고 있는 것이 아닐까요? 이런 생각은 테야르*라는 프랑스 사람에게서 체계 있게 설명되기도 했고, 슈바이처의 생명 사랑에서도 기독교적인 조명이 가해지기도 했지요. 그러나 이런 해석은 기독교 신학에서는 별로 주의를 받지 못하고 있어요. 테야르는 한국 신학계의 안테나인 서남동 목사가 한때 관심을 보이다가 말 정도였지요. 테야르의 진화론적인 세계관이 옳으냐는 것은 나의 관심이 아니요, 나는 지금 몸과 마음의 신비 앞에 서 있는 거에요.

그런데 몸은 진실한데 마음은 그렇지 못하다는 데 문제가 있어요. 따라서 마음이 모든 거짓을 떨쳐 버리고 진실하게 되려면, 석가의 말을 빌려서 마음이 공이 되려면 마음이 몸의 진실에 일치해야 된다고 나는 생각해요. 마음은 몸의 진실 앞에서 겸허하게 자기를 비워야 해요. 그리될 때에 우리의 마음은 사물을 제대로 보게 되는 거죠. 모든 사물 위에 있고 꿰뚫고 있고 그 안에 있는 큰마음도 보게 되는 거죠. 예수님은 이렇게 마음이 맑은 사람은 하느님을 보게 되리라고 합니다.

『반야경』에서 말하는 색즉시공*이 바로 이런 경지가 아닐까 합니다. 색, 곧 눈으로 보이는 몸이 곧 빈 마음, 공이라는 거죠. 그런데 몸의 진실과 하나가 됨으로 공에 이르는 나의 길은 석가의 길과는 반대의 길이기는 하지만 결국 도달한 경지는 같은 것이 아닐까 하는 생각이 들어요. 이것이 아래서 위에 이르는 길이라는 점에서 기독교의 계시의 길과도 반대의 길인 거구요. 그러나 이런 깨달음의 길은 계시의 길을 배제하는 것일까요? 결코 그런 것이 아니라고 나는 생각해요. 계시가 없는 깨달음은 없다고 나는 믿고 있으니까요. 땅에서 솟아나 위로 향하는 생명은 위에서 비쳐 오는 햇빛 없이는 돋아날 길이 없는 것과 같은 이치가 아닐까요? 온 누리를 꿰뚫고 있는 큰마음의 자기 계시 없이 나의 작은 마음의 눈뜸은 있을 수 없는 것이니까요.

　오전이 거의 다 가는데 아직도 당신이 나타나지 않네요. 당신 마음의 열림 없이 내가 당신의 마음을 어찌 알겠어요. 오늘의 만남을 기다리며.

예수와 석가여래
─봄길에게

며칠 안 있으면 하지*가 되는데 날씨가 이리 서늘해서 금년 농사가 좀 걱정이 되네요. 요번 비로 땅은 어지간히 해갈解渴*이 된 모양이지만. (어머님이 지난 밤에도 몹시 가렵지 않으셨으면 얼마나 좋을까!) 오늘 나오리라 하고 기다리시다가 그게 아닌 걸 알고 어제 접견 오신 어머님 심정, 좀 가슴이 찌릿했었지만 어머님의 자세가 한결같은 걸 확인하고 가슴을 쓰다듬어 내렸지요. 나야 다들 뒤에 남기고 네 번씩이나 먼저 나간다는 것이 언짢았으니까 잘 된 거고.

   법정에서 만천하를 향해서 소신을 밝히는 기회를 가지는 것도 좋지만 이렇게 날마다 한 장씩 편지도 쓰고, 5년 이상이나 당신이 날마다 정성껏 써 보내 주던 편지의 빚도 갚고, 검열에 걸리지 않을 내용만을 골라 쓴다는 제약이야 있지만 사실 그런 내용이 훨씬 보편성을 띤 인생과 역사의 문제라는 생각도 드는군요. 보편성을 띤 내용이 기실* 또한 본질적인 문제라는 생각도 드는군요.

　나는 어제 나를 석가여래와는 반대쪽에서 출발해서 같은 경지에 다다른 것 같다는 말을 했는데, 내가 그와 같은 경지에 다다랐다는 건 너무 건방진 말이었던 것 같군요. 같은 경지에 다다를 것이 아니겠느냐고 말했어야 옳았겠지요. 나의 출발점은 역시 예수의 출발점이지요. 예수가 '일용할 양식'에서 출발해서 그걸 내용으로 하는 정의가 기둥이 되는 하늘나라에 다다랐는데 나는 그걸 몸의 진실이라고 하는 것이니까요. 예수님이나 나는 색즉시공*에서 출발한 것이지요. 색, 즉 보이고 만져지는 것, 몸, 밥에 진실하다 보면 마음도 거짓과 욕심을 털어 버린 공*에 다다르는 거지요. 그것이 하느님의 나라가 아니겠소. 거기 비해서 석가의 길은 깊은 명상을 통해서 색의 공을 발견하고 맑은 눈으로 색을 있는 그대로 보게 되었다는 거거든요. 그것이 열반(涅槃)*이지요. 물론 그의 정신적인 순례도 생로병사生老病死라는 사고四苦*에서 시작되기는 했지만요.

　예수님도 40일 광야의 정신적인 고투*, 집중적인 명상이 없었던 건 아니지만 그는 석가처럼 나무 그늘에 앉아 명상에 잠기고 있을 여가가 없었던 거지요. 부닥친 현실이 너무 절박했기 때문에 당신 몸을 돌볼 겨를이 없이 몸을 던져서 몸을 내대고 사실 수밖에 없으셨던 것 아니겠소. 그러니 거기 어디 욕심이나 거짓이 끼어들 수 있었겠소. 그래서 그의 마음은 가난했고, 다시 말하면 욕심이 없었고 맑았던 거지요. 그래서 맑은 눈으로 세상을 보게 되었던 거죠. 하느님의 눈으로 세상을 똑바로 볼 수 있게 되었다는 말이지요. 아무 욕심도 거짓도 필요 없는 하느님의 눈으로 세상을 볼 수 있게 되었다는 말이지요. 하느님과 하나가 되신 거죠. 그걸 요한복음 저자는 "내가 아버지 안에, 아버지가 내 안에"라고 표현했던 거 아니겠소. 그것이 "내가 너희 안에, 너희가 내 안에"로 확대된 거구요.

식수가 뜬 걸 보니까 점심때가 거의 다 되었군요. 그런데 당신은 아직 나타나지 않았군요. 내일은 꿈에 만난 아버님 이야기를 쓰지요. 오늘은 이만.

내가 네 안에, 네가 내 안에
– 당신 나의 봄길에게

밖에 있을 때는 검열에 걸릴 만한 말만 하다가 여기 들어와서 검열에 안 걸릴 말만 골라 쓰다 보니 어라, 이건 정말 소중한 걸 찾은 셈이네요. 검열에 안 걸릴 소리, 그건 평범한 소리(바우도 보라도 어지나도 시원아도), "밥 먹었어", "아직 안 먹었어" 그 정도의 말만 알아들을 수 있으면 되는 평범한 소리, 거기 흙만 털면 반짝반짝 빛나는 보석 같은 진리가 있다는 걸 깨닫게 되었으니.

"따분하지 않으세요?" 지나오다 지나가다 안쓰러운 듯 건네는 소지의 인사말 속에 담긴 마음 초승달 같아요. "네가 이렇게 말을 걸어 주는데 뭐" 하며 싱긋 웃어 주면 서로 하늘을 주고받은 것 같아 이제사 인생을 알 것같이 되었으니.

"뭐가 맛있다고 그렇게 맛있게 잡수시죠." 내가 밥 먹는 걸 들여다보다가 던지는 담당의 감탄. "먹는다는 걸 잊어버리고 씹노라면 입

속에서 꿀맛이 온몸에 번져 가거든. 자네도 그렇게 먹어 보라고." 밖에서 검열에 걸리는 말만 하고 다니느라고 바쁘다 보니, 무슨 유명 인사연*하고 돌아다니다 보니 이 꿀맛을 잊어버렸었거든요. 보리밥의 꿀맛을 하루 세 끼니 맛보는 즐거움, 이것도 검열에 안 걸리는 소리거든요. 이 진리는 북쪽에 사는 사람들에게도 한결같거든요. 이렇게 민족 통일이 입 안에 있는 것을! 보리밥의 꿀맛에 있는 것을.

오늘 아침에도 해뜨기를 기다리며 동쪽 창을 열고 합장*하고 서 있는데 인왕산 중턱에 서 있는 소나무 한 그루가 원광圓光에 둘러싸이면서 활활 타오르는 것이 아니겠소. 그런데 웬걸, 해가 구름에 가리면서 소나무는 그대로 서 있는 것이었소. 그걸 보면서 나는 모세*가 광야에서 봤던 광경이 생각나면서 '그때 타오르던 가시 덤불은 바로 모세 자신이었구나' 속으로 문득 깨달아지더군요.

서울 한복판에도 이렇게 신선한 공기가 있었구나 하면서 아침 햇빛으로 향기로운 대기를 가슴 깊숙이 들이마시고 내뿜고 하다가 나는 이렇듯 신선한 땅의 마음, 누리세상의 마음을 숨 쉬고 있다는 느낌이 들었소. 나는 그 큰마음 안에 있고 그 큰마음은 나의 코를 통해서 온몸으로 번져 간다는 느낌이었구요. "내가 네 안에, 네가 내 안에"를 몸으로 느끼는 것이었지요. 이렇게 종교가 나에겐 관념이 아니고 몸이 되는군요. 나의 몸은 그대로 그 큰마음의 충만이 되는 거구요.

누가 자연의 은총을 값싼 은총이라고 했던가요? 너무 값비싼 것,

그래서 그냥 공짜일 수밖에 없는 신선한 공기, 그분의 맑은 마음이 어디나 숨만 쉬면 넉넉히 있는 충만. 또다시 감사와 기쁨으로 신랑이 신부 맞듯이 맞이하는 하루 6월 20일, 모두에게 선사하고 싶어졌다오.

기다림의 교향곡
─당신에게

거울같이 맑은 마음, 이 땅의 지성들에게서 치솟는 불길에 우리 늙은 것들은 다만 눈이 부실 따름이군요. 그들 앞에 부끄러움이 없는 생을 사는 길이 바로 하늘을 우러러 한 점 부끄러움이 없기를 비는 마음 아니겠소. 세진˚ 군은 하늘을 우러러 한 점 부끄럼이 없기를 빌며 살았으니 우리는 세진 군 앞에 한 점 부끄럼이 없기를 빌면서 살아야 하는 거죠. 그의 마음이 바로 우리의 하늘이기 때문이죠.

이 기막힌 젊은이들의 거울 같은 마음 앞에서 기성 세대는 너무나 지저분하고 추하군요. 게다가 부끄러운 줄도 모르니. 그 뜨거운 마음들의 기다림의 교향곡이 울려 퍼지고 있는데 우리의 귀들은 무엇을 듣고 있는 건지. 나는 어제 기다림의 양면성 이야기를 썼는데 기다림의 메아리, 굵고 가늘고, 높고 낮고, 아프고 쓰린 기다림의 메아리는 양면성으로 설명하기에는 너무 다양하여 교향곡이라는 말을 써 보고 싶었던 것이오.

오늘 아침 시편* 85편을 읽다가 "사랑과 진실이 눈을 맞추고 / 정의와 평화가 입을 맞추리라 / 땅에서는 진실이 돋아나고 하늘에서는 정의가 굽어보리라"(10, 11)는 구절을 만나서 기다림이 얼마나 아름다운 가락으로 이 땅에 울려 퍼지느냐는 걸 절실히 느꼈는데 접견장에서 세진 군의 이야기를 들었군요. 그의 가슴에서 울리던 사랑의 가락이 이 역사에서 진실과 눈이 맞고, 그의 가슴에서 불타던 정의가 이 땅의 평화와 입을 맞추는 날이 바로 우리 기다림의 내용인 거죠.

땅에서 돋아나는 것치고 진실 아닌 것 있겠소? 그 진실은 하늘의 정의를 불러내는 것이고요. 호세아*는 2장에서 그걸 이렇게 말하거든요. "그날이 오면 나(야훼)는 들어 주리라 / 내가 하늘의 청을 들어 주면 하늘은 땅의 청을 들어 주고, 땅은 곡식과 포도주와 기름의 청을 들어 주고, 이 모든 것은 이즈르엘(이스라엘)의 청을 들어 주리라"고. 호세아는 이즈르엘의 유혈 참극은 곡식과 포도주를 거쳐 땅에 울리고, 그것이 다시 하늘에 울려 하느님을 울린다고 보았던 것이군요.

우리의 가슴을 기다림으로 울먹이게 하는 것은 이렇게 밖에서 오는 것이 아니라 우리 속에서, 우리의 아픔, 우리의 아픈 역사에서 튀는 것이라는 걸 나는 어제 아침 이 땅의 또 하나 어린 시인의 목소리에서 들을 수 있었소.

"…… 기다렸다 / 우리의 대답은 먼 바다 건너는 해일로 오리라고 믿고 / 우리의 대답은 시베리아 건너는 드센 호흡일 거라고 믿고."

그런데 그게 아니라는 걸 시인은 민족의 쓰린 경험에서 이렇게 깨치는 것이었소.

"우박처럼 쏟아지는 총알에 남도가 참혹하게 핏물 쓰고 / 우리 두려움에 떨며 참담하게 다시 무릎 꿇은 날 / 비로소 알았다 / 기다리던 대답은 / 먼 바다 건너는 해일이 아니라 / 시베리아 건너는 호흡이 아니라 / 핏줄에 넋에 허리에 박혀 때도 없이 / 아픈 기억을 부르는 총알에서 오라는 것 / 우리들의 온몸에 새겨진 / 오래인 상처에서 쉼 없이 흐르는 피라는 것 / 아가가 태아가 자라 / 아비의 피 맺힌 노래를 다시 부르는 땅 / 아비가 피 흘린 거리에 / 이글이글 타는 몸뚱어리로 뒹구는 땅에서 / 우리들이 굳세게 들어 올릴 깃발은 / 짓밟힌 온몸 / 우리들의 온몸에 새겨진 구멍이라는 것……." (강대형, 「우리들의 깃발」에서)

시편 기자의 노래처럼 이렇게 이 땅에서 진실이 돋아나는 것을 하늘에선 정의가 굽어보며 눈물을 글썽이는 것 아니겠소. 예수님이 베드로에게 한 말씀대로 지금은 우리가 땅에서 풀기를 하느님은 먼저 간 의인들과 함께 하늘에서 기다리고 계시는 거군요. 그리고 이 땅의 젊은이들은 하느님의 기대에 헛되지 않게 온몸으로 살아가고 있는 거구요.

세진 군 부모님에게 격려의 말씀을 보내 주시오. 오늘 오후에 들어

올 당신의 편지를 기다리는 작은 기다림이 큰 기다림의 한 순간인 거죠. 기다리며 기다리며 기다리며.

생명 사랑의 실천
- 당신께

인도의 캘커타 시 아난드나갈이라는 빈민 지대, 뜻인즉 '기쁨의 도시'The City of Joy, 그리로 신들려 찾아가 사는 신부의 이름은 코발스키. 아난드나갈에서 사는 사람들의 생활은 비참, 그것이라고 해야겠지요. 지상의 어떤 생물이 그런 비참 속을 헤치고 살아가겠소. 차라리 신들을 저주하고 죽으라고 충고하고 싶은 생이죠. 거기서 사는 사람들의 눈에 프랑스 여권을 가지고 와서 저희들과 하나로 똑같이 살아가는 이 백인은 왕 같은 생을 버리고 온 사람이라고 하겠지요.

그런데 그게 아니었소. 그는 폴란드 석탄 광부의 아들로 태어나서 아버지를 따라 프랑스 탄광촌으로 이주해 오지요. 그런데 그 아버지가 광부들의 권익을 위해서 싸우다가 맞아 죽는 걸 보고, 불쌍한 사람들을 위해서 아버지와는 다른 길을 살기로 결심하고 신부가 되어 인도 빈민 지대로 찾아왔던 거죠. 아버지의 현실을 피해서 빠져나온 것이라고 할 수도 있겠지만, 인도의 빈민 지대에서 그들과 같이 살아간다는 건 더 어려운 선택을 한 거지요.

아난드나갈 사람들의 눈에는 그가 왕 같은 자리를 버리고 온 것으로 보이지만 사실 그는 아픔을 겪어 아는 사람, 절망의 터널 속을 통과해 나온 사람으로서 같은 아픔, 같은 절망 속을 헤매는 사람들을 찾아갔던 거죠. 그 점에 있어서 모세*도 아픔에서 태어난 사람이지요. 예수는 아예 갈릴리*의 절망 속에서 나서 거기서 살다가 가신 거고, 석가모니의 의식 속에도 그의 고뇌에 찬 전생이 있었던 것이 아닐까 싶군요. 남의 고통을 보면서 자기가 전생에서 수도 없이 겪던 것이 되살아나는 걸 느낀 것이 아닐까요? 이것은 너의 아픔, 이것은 나의 아픔이라는 차별이 없어지는 거 아니었을까요?

채희아 만신*에게서 이 나라의 첫 임금 단군과 밑바닥 인생들의 아픔을 같이 아파하며 위로하고 희망을 주려고 밑바닥에 자신을 내던지는 무당이 하나로 겹쳐지는 것을 어떻게 이해해야 할까요? 불행한 사람들, 처절하게 행복을 추구하면서도 행복에 버림받고 운명에 짓밟히는 사람들을 단군 섬기듯, 아니 단군의 심정으로, 단군 대신으로 섬긴다는 것을 말하는 거겠지요. 그건 모두가 이렇게 불행해야 할 까닭이 없는 왕 같은 사람들이라는 생각이 아닐까 싶군요.

성서는 적어도 문제를 그렇게 보지요. 사람은 누구나 하느님의 모습으로 창조되었다는 신앙은, 사람은 하느님의 대리로 왕의 전권*을 받은 존재라는 뜻이거든요. 단군이 임금인 동시에 무당이었다는 건, 아니 무당인 단군이 임금이었다는 건 임금은 섬기는 사람이라는 뜻도 되는 것이 아닐까요?

기독교적인 생각을 한국의 무당 종교에 투영하는 것이라고 비판받을지도 모르지만 나는 그게 바로 무당 단군이 이 나라의 첫 임금이었다는 사실이 의미하는 것이라고 믿고 싶군요. 당골*이 곧 단군이라는 건 가장 천대받는 당골, 곧 무당이 가장 존경받는 단군, 곧 임금이라는 뜻이 되는 거죠. 하느님 나라에서는 섬기는 사람이 가장 큰사람이라는 예수의 가르침이 그대로 한국의 무당 종교에도 있는 것이 아닐까요? 아난드나갈의 코발스키가 그런 사람이었구요.

예수 그리스도에게서 비쳐 오는 빛을 한국의 무당 종교에 던져 보았더니 한국의 무당 종교의 본빛깔이 살아나는 것을 보는 것 같은 느낌이군요. 생명 사랑이 곧 왕의 길이요, 무당의 길이라는 것이 증명될 것 같군요. 더 연구해 보면 아마 틀림없을 거라고 나는 확신해요. 무당 종교가 많이 미신화한 것이 사실이지만 그 근본에 있어서는 서로 통하는 것이라는 말이죠. 생명 사랑이라는 같은 뿌리에서 뻗은 두 가지가 지금 한국에서 다시 만나는 것이 아닐까요.

미신화라는 점에서야 기독교도 남을 흉볼 입장이 아니지요. 물론 미신적인 요소를 기독교가 무당 종교보다야 많이 떨어버리고 고등 종교가 되었다고 자랑할지 모르지만, 생명 사랑이라는 점에서는 오히려 기독교가 부끄러운 기록을 남긴 것이 아닐까요. 기독교가 거쳐 온 전쟁의 기록이 적어도 한국의 무당 종교에는 없는 것이거든요. 저 높은 서구의 신학이라는 것도 정말 사람 사랑에 얼마나 기여했을까요? 레위 인*이나 사제의 신학이 지나쳐 버린 생명 사랑을 신학이 없는 사마리아 인*이 실천했거든요. 더군다나 지배자들의 지배 이데올로기가 되면 이건 반생명적이 되기 십상이거든요. 기독교 2천 년의 신학자 가운데 얼마만큼이 지배 이데올로기가 아니었느냐고 하면 마음이 무거워지고 머리가 무거워지는 느낌이군요.

코발스키가 아난드나갈에서 발견한 것도 서구 사회에서는 찾을 수 없었던 생명 사랑이었어요. 꼭 그렇게 말하지는 않지만 그 저주받은 생을 살아가는 사람들의 눈길, 아우성, 몸부림 속에서 그가 보고 듣는 것은 생의 절규, 살아가려는 생명의 끈질긴 힘이었거든요. 돈 있는 사람들은 행복을, 그리고 문화라는 걸 생의 나머지로 살아갈 뿐인데, 피가 툭툭 터지며 피를 쏟으며 살아가는 새빨간 생명 자체의 뜨거움이 그대로 아픔으로 노출되는 곳이 거기였기 때문이지요.

오늘 접견장에서도 말했지만 거기서도 한국에서처럼 남녀의 몸으로 하는 사랑이 굉장히 절실하였더군요. 처절할 정도라고나 할는지. 인도에서는 아버지가 딸을 시집 못 보내고는 눈을 감을 수 없도록 절실한 것이었군요. 딸에게 좋은 신랑을 얻어 주어 행복을 누리게 해야 하는 것이 아버지의 책임 중에 가장 큰, 그리고 절실한 책임이었군요.

좋은 신랑을 얻어 주려면 지참금을 마련해 주어야 하는데, 그게 그들에게 쉬운 일이 아니었지요. 어떤 인력거꾼은 딸의 지참금 마련을 위해서, 죽은 다음 자기의 뼈를 5백 루피*에 팔기로 예약하기까지 하거든요. 힌두교도로서는 화장을 하고 그 재를 갠지스 강에 뿌려야 다시 환생을 한다고 믿는데, 이 인력거꾼은 자기 미래의 생을 딸의 행복을 위해서 희생을 하는 거거든요. 이것이 딸의 생명을 사랑하는 어버이의 마음이었던 거요.

문둥이 결혼 이야기는 내일 쓰기로 하지요.

중국의 민주화를 기뻐함
－당신께

오늘『한겨레 신문』에 실린 천안문 광장을 메운 중국 학생과 시민들의 긴 사진을 오려서 벽에 붙여 놓고 보니 감개가 깊군요. 40여 일 전에 가서 다니던 곳인데 지금은 민주화의 소용돌이 한복판이 되어 있으니.

1919년 5월 4일 외세를 떨쳐 버리고 중국의 자주를 외치려 중국의 학생들이 일어났던 날 바로 이 천안문 광장에는 '조선 학생의 뒤를 따르자!'는 현수막이 나부꼈었는데, 그리고 이번에도 중국 학생들은 한국 학생들의 민주화 투쟁에 크게 자극을 받고 힘을 얻었을 텐데, 이제는 중국의 민주화 운동이 한반도의 남과 북을 민주화와 통일로 밀고 가는 역사의 힘이 될 것이라는 예감이 드는군요. 잠자던 사자가 마침내 긴긴 잠을 떨치고 기지개를 켜며 일어났군요.

난 이번 여행에서 중국 대륙이 그렇게 친근하게 느껴질 수가 없었어요. 내가 만주 출신이기 때문에 더욱 그렇겠지요. 45년 전 용정, 신경, 봉천의 중국 거리들과 오늘 북경의 중국 거리는 하나도 달라진 게 없었어요. 정말 옛 고향에 돌아간 것 같은 아늑한 느낌이었어요. 서두르지 않고 자기의 보조를 유지하는 모습이 퍽 마음에 들었거든요.

평양에는 지금 105층짜리 호텔이 건축되고 있어요. "세계도 깜짝 놀라는 거다", "세계 최고다", "세계 최대다" 이런 말을 평양에서 많이 들었어요. 이런 것에 대해서는 내가 서울에서 느끼던 똑같은 거부감을 느끼는 것이었어요. 약소 민족에게 있기 쉬운 민족적 열등감의 표현이라고 해야겠지요. 잠실체육관에 지지 않으려는, 아니 그보다 더 근사한 체육관을 지으려고 안간힘을 쓰는 모습을 보면서 한민족의 공통된 문제성 같은 걸 느낄 수 있었지요.

그런데 북경은 그게 아니었거든. 북경에는 지금 50층짜리 호텔이 건축되고 있는데 이게 북경에서 제일 높은 빌딩이거든요. 90년 아시아 경기장 시설도 겉으로 보기에는 대단할 것 없는 조촐한 인상을 주더군요. 외화外華보다는 내실內實을 기하는 중국 민족에게서 우리는 많은 걸 배워야 한다는 생각이 들었어요.

북경을 거쳐 평양으로 가는 한국인들은 비행기에서 압록강을 굽어보면서 울지 않는 사람이 없다고 해요. 그런데 나는 비행기에서 압록강을 굽어보면서 저게 국경이거니 하는 느낌이 전연 들지 않았어요. 내 나라의 한복판을 흐르는 강이라는 느낌이었어요. 역시 중국과 한국은 발해만을 중심으로 한 가족을 이루어 살아야 한다는 평소의 내 생각이 압록강을 국경으로 느끼지 않게 만든 것이 아니겠어요? 우리가 황해니 서해니 하는 걸 중국은 지금도 발해만이라고 부르고 있거든요.

발해만을 중심으로 한 생활권, 한 문화권을 이루고 살아야 할 판인데 그 중국에 이렇게 거대한 민주화 물결이 일고 있다는 건 얼마나 반가운 일이겠어요? 게다가 소련도 민주화의 길을 가고 있으니. 마침내 부시˚도 고르바초프˚의 평화 공세에 머리를 또 숙일 수밖에 없게 되었군요. 이렇게 해서 한반도의 문제도 안팎으로 풀려 나갈 단계에 들어서는 것 아니겠어요?

오늘 어머님이 건강을 회복하신 모습을 뵙고 얼마나 기뻤던지. 내일 한빛교회에 하느님의 뜨거운 마음이 넘치기를 빌겠소.

남북은 서로 고무 찬양해야 해요
－ 해바라기님

이제 당신은 나에게 코스모스가 아니라 해바라기야요. 내가 당신을 사랑하기 시작하던 어느 날 밤쯤에 화사하게 핀 코스모스 꽃밭에 유난히 큰 연분홍 코스모스 한 송이가 있었거든요. 그 청초한 아름다움이 그대로 당신이었기 때문이었지요. 그런데 요 며칠 전 꿈에 본 해바라기의 푹 수그린 탐스러운 모습…… 정말 성숙한 인간성, 그러면서도 당신처럼 언제나 겸허한 모습. 당신과 같이 길을 가는데, 그것도 서울 거리를, 잘 익은 커다란 해바라기가 머리를 푹 숙이고 우리가 지나가는 걸 보고 있는 것이 아니겠소? 나는 아직까지 그렇게 큰 해바라기가 활짝 피어나는 웃음으로 소담스럽게˚ 익어 가는 것을 본 일이 없어요.

그러던 차에 접견실에 들어서는 당신의 활짝 웃는 얼굴이 그대로 그 해바라기 얼굴이라는 생각이 들더군요. 그래서 「당신」이라는 시를 지었던 거요. 그래서 "내 얼굴에서 피어나는 당신 / 해바라기 웃음이어라 / 해바라기 마음이 되어"로 그 시를 끝맺음했던 거죠. 해바라기가 내 마음에 시적인 아름다움으로 자리를 잡은 것은 1974년 9월의 아침이었죠.

내 이름도 '늦봄'에서 '갈 테야'로 바꾸면 어떨까요? 학생들이 나를 '갈 테야 목사'라고 부른다니까.

오늘 북에 동조했다는 동조죄가 떨어졌군요. 고무 찬양죄도 당연히 떨어져야지요. 나는 정주영 씨처럼 북을 찬양하지 못했으니까. 정주영 씨가 고무 찬양죄에 안 걸린다면 나야 당연히 안 걸리는 거죠. 북쪽의 연방제 통일안에 동조함으로 북을 이롭게 했다는 건데, 동조죄가 떨어지면 이적 행위죄도 당연히 떨어지는 거죠. 그 대신 통일원통일부이 구상하던 체제 연합 쪽으로 북을 끌어 오고, 실행 가능한 교류부터 하자던 남한의 주장을 받아들이게 했고, 노 대통령이라고 부르며 만나겠다는 약속까지 받아냈으니 내가 이롭게 했다면 남쪽을 크게 이롭게 한 건데…….

그러나 나는 이 죄명이 내게서 떨어져 나갔다는 게 좀 아쉽군요. 나는 서로 고무 찬양해야, 서로 동조해야, 서로 상대를 이롭게 하려고 안달을 해야 통일이 된다는 사람입니다. 검사의 항소 이유서를 보면 내가 법정에서 궤변˙을 늘어놓았다는 거거든요. 서로 헐뜯어야 통일이 된다는 게 궤변인가, 서로 고무 찬양해야 통일이 된다는 게 궤변인가요? 서로 엇먹기만 해야, 콩 심자면 팥 심자고 하고 팥 심자면 콩 심자고 해야 통일이 된다는 게 궤변인가, 아니면 서로 제 주장을 굽히고 양보하면서 동조하게 되어야 통일이 된다는 게 궤변인가? 서로 해코지할 생각만 해야 통일이 된다는 게 궤변인가, 아니면 서로 상대를 이롭게 하면서 일을 도모해야 통일이 된다는 게 궤변인가요? 내가 만난 사람은 북괴의 괴수이고 노 대통령이 만나려고 하는 사람은 조선민주주의인민공화국 주석이라고 말하는 게 궤변인가, 아니면 내가 만난 사람도 노 대통령이 만나고 싶어하는 사람도 다름 아닌 조선민주주의인민공화국 주석이라고 하는 것이 궤변인가요? 광화문 네거리를 막아 서서 가고 오는 사람에게 한번 물어봤으면 좋으련만……

항소 이유서를 쓸 때는 두통이 한창 심할 때여서 간단히 쓰고는 법정에서 자세히 이야기하려고 했었는데……. 이번 상고 이유서는 역사에 남긴다는 심정으로 성의껏 쓰려고 마음먹고 있다오. 내일 한빛 교회 당신 옆에 가 있을 게요. 해바라기 웃음 보러 나는 갈 테야.

남북은 서로 고무 찬양해야 해요

아름다움은 참이요 선입니다
— 당신 나의 봄길

참서정은 아름다움을 즐기는 데 멎지 않고 사랑하는 데까지 이르러 야 한다는 것이 어제 쓴 나의 편지의 결론이라고 해야겠지요. 유미주 의*의 문제점은 아름다움을 즐기는 차원에 멎어 있었다는 데 있는 것 이 아닐까요? 아름다움을 지키기 위해서 몸을 던져 투쟁하는 적극적 인 데까지 이르지 못했던 것이 아닐까 싶군요.

그런데 그 아름다움이라는 게 제 눈에 안경이거든요. 이 사람이 좋 아하는 장미를 저 사람은 그리 좋아하지 않고, 저 사람이 좋아하는 목 련을 이 사람은 하나도 예쁘다고 생각하지 않는 거거든요. 무엇이 아 름다우냐는 시대의 변천과 함께 달라지고 사회 환경, 문화적인 전통 에 따라 각양각색 아니에요?

이것은 결국 세상엔 아름답지 않은 것이 없다는 걸 말하는 거가 되 겠군요. 또한 아름다움은 무한한 다양성을 가지고 있다는 말도 되겠군요. 또한 아름다움만큼은 절대로 남에게 강요할 수도, 강요당할 수도 없는 것이군요. 아름다움만큼은 다양할수록 좋다는 거죠. 그러고 보니 아름다움의 세계만큼 서로 다른 것을 수용할 수 있는 세계가 없다고 해야겠군요. 수용하는 정도가 아니죠. 무한히 다채로운 아름다움을 즐기고 개발하고 발전시키는 일마저 되는 거죠.

그러면 아름다움에는 객관적인 기준이 없는가요? 있어요. 그게 뭐냐고 하면 첫째로 '참'이지요. 말을 바꾸면, 아름답지 않은 것은 '거짓'이요 '속임수'라는 말이죠. 가장한 선, 가장한 사랑은 결코 아름다움일 수가 없지요. 참은 아름다움의 내면성이라고 해도 될까요? 아름다움의 본질이요 생명이라고 해도 되겠지요. 예술 활동은 참을 살리고 꽃피워 열매 맺게 하고 거짓을 쳐부수는 아름다운 싸움이라고 해도 되겠지요. 예술은 거짓에 대해서 준엄할 수밖에 없는 거죠. 서정이란 이런 치열성을 가지고 있군요. 서정이 이런 치열성을 상실하면 거짓을 덮어 주고 미화하는 위장술이 되어 버리는 것 아니겠어요. 위장된 아름다움, 그것처럼 역겨운 게 어디 있을까요? 유미주의가 빠지는 무서운 함정이 바로 여기 있는 거죠.

그렇다고 해서 참이 그대로 아름다움이냐 하면 그런 것이 아니죠. 이 둘은 서로 나뉘면 죽어 버리는 것, 하나일 때만 같이 사는 것이라고 해야 하겠군요. 참을 넋으로 지닌 아름다움이라야 참아름다움인 거고, 아름다움을 발산하는 참이라야 진정 참이라고 부를 수 있다는

아름다움은 참이요 선입니다

말이죠. 아름다움이 아닌 참은 위장된 참인 거죠. 사이비 참이라고 해도 되구요.

아름다움의 둘째 기준은 '선'입니다. 선하면 우리는 도덕을 생각하게 되잖아요? 아름다움과 도덕을 하나로 묶는다는 건 당치도 않은 일이라고 생각할 수 있지요. 세상에는 아름답지 않은 선이 많이 있으니까 그렇게 생각하는 것도 무리는 아니죠. 윤리 도덕의 계율을 지키는 것으로 도덕이 완성된다면 그건 하나도 아름답지 않다고 해야겠죠. 도덕이 계율의 완성이 아니라 아름다운 마음의 실현이 될 수는 없을까요? 계율을 지키는 것을 도덕의 완성이라고 생각하는 것은 피아노나 바이올린의 운지법'을 숙달하고 마는 것만큼이나 어리석은 이야기죠. 운지법을 넘어가는 데 피아노 음악이 있고 바이올린 음악이 있다면, 도덕률을 넘어가는 데 도덕의 완성, 곧 선의 아름다움이 있다고 해야겠지요.

그 경지는 무엇인가요? 성서는 그것을 사랑이라고 하지요. 사랑이 도덕의 완성이라는 것이 성서의 가르침이거든요. 도덕은 우리에게 무엇을 사랑하라고 하는가요? 생명을 사랑하라고 하지요. 생명은 아름다운 것이니까 생명 사랑은 곧 아름다움을 사랑하는 거죠. 생명을 해치는 것이 악이니까 아름다움을 추구한다는 것은 악을 미워한다는 것, 치열하게 악과 투쟁하는 일이지요.

악과 싸우지 않으면서 생명을 사랑한다는 것은 거짓말이고, 생명을 사랑하지 않으면서 아름다움을 사랑한다는 것도 거짓말이지요. 이렇게 해서 아름다움과 선, 예술과 도덕은 혼연일체가 되는군요. 선과 유리된 아름다움이 아름다움일 수 없듯이, 아름다움을 외면한 선이 선일 수 없는 거죠. 아름다움은 선으로 인해서 참아름다움일 수 있고, 선은 아름다움으로 완성되는 거죠.

참이 아름다움이요 선이 또한 아름다움이라면, 참은 곧 선이라는 삼단논법이 성립되는 것 아니겠어요? 생명을 해치는 거짓을 거부하는 데서 참이 시작된다면 바로 거기가 선이 시작되는 점인 거죠. 선이 참이 될 때 그 선은 아름다운 것이 되고, 참이 선이 될 때 그 참은 아름다운 것이 된다고 해야겠군요. 이렇게 해서 진·선·미가 혼연일체가 되는 거고 바로 거기에서 종교와 도덕과 철학과 예술의 탄생이 있는 거죠. 이만 총총.

뻥끼통이 주는 깨달음
— 당신께!

어제는 금년 들어 처음으로 맨발로 땅을 밟으며 마당을 거닐었지요. 이제부터는 날마다 운동 시간에는 맨발바닥으로 땅의 기운을 받을 거예요. 이것도 감옥에 들어왔기 때문에 얻은 특전이라고 해야 하겠지요. 잔돌에 발바닥이 콕콕 찔리는 쾌감도 여간 기분 좋은 게 아니거든요.

발바닥에서 민중의 서러움과 강인함을 깨친 것은 공주에 있을 때였군요. 지금 내가 발바닥으로 느끼는 것은 그런 상징적인 것이 아니죠. 지금 발바닥으로 느끼는 것은 생리적인 감각이죠. 그러나 그것은 우주적인 의미도 있는 거죠. 콕콕 찌르는 돌의 자극은 발바닥에 있는 경락*들을 들쑤셔서 일깨워 주는 거죠. 나의 몸속의 기氣를 힘차게 소리 지르며 돌게 해주는 일이죠. 그와 동시에 발바닥으로 땅의 기를 받아들이는 일이니까요. 코로는 우주의 기를 마시면서.

감옥은 나에게 훌륭한 수도원이 되어 주었군요. 내가 징역을 잘 살았다는 말도 되겠지요. 이것만은 주저 없이 자신을 가지고 말할 수 있을 것 같군요. 모든 마이너스를 플러스로 만들어 가는 것이 인생을 사는 묘미요 비결이라는 것도 자신 있게 말할 수 있는 거구요.

나의 감옥 수도 생활은 뻥끼통 소제 하는 일로 시작됐다고 할 수 있을 것 같군요. 서대문구치소 9사, 10사에는 변소가 붙어 있지 않았죠. 방구석에 허리께쯤 올라올 정도로 꽤 큰 변기통이 있었죠. 그걸 일제 때 부르던 대로 뻥끼통이라고 하죠.

그 뻥끼통에 대소변을 보고 뚜껑을 덮는데, 하루 한 번씩 그걸 밖으로 내다 청소차에 쏟아 붓는데 그 시간이 되면 온 건물이 그 냄새로 진동하는 건 어쩔 수 없는 일이었지요. 뚜껑을 열어 보았더니, 내 손가락 두께 반 정도로 돌아가면서 똥 찌꺼기가 묻어 있는 것이었어요. 그걸 빨래 비누로 깨끗이 씻어 내고 맑은 물을 부었더니, 오래 잊어버렸던 내 얼굴이 수염이 더부룩한 모습으로 거기 있지 않았겠어요? 얼마나 반갑던지. 하나도 애처로운 생각은 안 들었다구요. 「뻥끼통」이라는 시가 그때의 나의 심정을 조금은 표현한 거지요. 하루에도 몇 번씩 거기서 나를 대면하는 거였지요.

지금 와서 생각하면, 그 경험은 나의 생에 꽤 큰 의미를 주었던 것 같군요. 뻥끼통 속에 있는 나 자신과 하루에도 몇 번씩 대면한다는 일이 내가 있는 자리를 확인해 주는 일이 되는 것이었죠. 징구덩 속에

핀 연꽃을 불심(佛心)이라고 보는 불교적인 경지와도 통하는 경험이었다고 할 수 있지 않을까요?

뺑끼통을 소제하던 때의 일이 가끔 기억 속에서 되살아나는데, 이 기억 또한 이 사회의 똥 찌꺼기 대접을 받는 전과자들의 문제를 생각하는 나의 마음에 꽤나 큰 작용을 했던 것이 아닐까 하는 생각도 드는군요.

안동처럼 수세식 변소가 붙어 있는 감방에서는 그 냄새가 없지요. 수세식이 아닌 변소가 붙어 있는 감방보다는 뺑끼통이 있는 감방이 차라리 나았던 것 같아요. 나 혼자 쓰는 뺑끼통이니까 뚜껑만 덮어 두면 냄새가 별로 없었으니까요. 내가 가지고 나간 옷이나 담요에서 나던 역겨운 냄새 알지요? 사실 그 냄새의 피해자들은 교도관들이라는 걸 나는 잘 알고 있거든요.

신록의 빛깔
– 당신께

어제 아침, 아침 먹고 창가에 나가 멍하니 앞산을 건너다보며 숨 쉬다가 보니 환히 빛나는 신록이 가슴에 따뜻이 안겨 오는 것이었어요. 봄만 되면 저 신록의 빛깔을 무엇이라고 표현할까 고민하는데, 아직도 그 빛깔을 표현할 우리말을 못 찾고 있군요.

엄마 젖으로 환한 얼굴, 아기의 마음 빛깔이라고나 할는지? 시커멓고 눅눅한 흙의 속 빛깔이라고나 할는지? 그런저런 생각을 하다가 저 생명의 빛깔은 사람의 말로 표현할 수 있는 모든 것을 넘어가고, 모든 것의 근원이 되는 빛깔이라는 생각이 들어 자리에 돌아와 누웠지요. 그리고 눈을 감고 그 빛깔을 숨 쉬는 것이었어요.

어느덧 나의 몸은 그 나무들 밑 낙엽들 위에 누워 있는 것이었어요. 나의 눈은 그 말 못할 빛깔을 쳐다보고 있었구요. 눈을 감아도 보이는 그 빛깔은 내 속에 들어와 나의 속 빛깔이 됐나 보죠? '신록의 빛깔은 나의 속 빛깔이구나.' 그 빛깔은 코로 스며들어 와 온몸을 물들이고 있었나 보지요. 그런데 그 빛깔을 어떻게 표현하느냐는 게 문젠데.

하느님에게 이름을 지어 드리는 게 무엄하듯이 빛깔도 그런 거구나 싶어 내 속으로 스며들어 온 걸 황감惶感*하게 받아들일 뿐이구나! 이렇게 생각하고 잔잔히 숨을 쉬는데 그 빛깔 냄새 또한 향그러운 것이었어요. 아— 이건 나무들의 몸 내음이구나. 이 향기를 화학적으로 분석할 수 있을까? 안 되겠지. 그럼 이 빛깔 향내는 비물질인가? 그럴지도 모르지.

그러는데 바스락 소리가 바로 옆에서 나는 것이었어요. 나는 그게 뱀이라는 걸, 금방 껍질을 벗고 신록의 빛깔을 받으려고 나온 뱀이라는 걸 눈을 감고도 알 수 있었어요. 아니, 나는 눈을 감고도 볼 수 있었던 거죠. 그 뱀 속에도 신록의 빛깔, 아니 나의 속 빛깔이 스며들어가는 것을 볼 수가 있었다는 말이죠. 눈을 감고 보았기 때문에 그게 보인 거겠죠.

인류의 시조 아담*, 하와* 때부터 내려오던 적개심이 어디도 보이지 않는 거였어요. 뱀에게 적개심을 품지 않아도 되는 걸까? 이건 인류를 배신하는 일이 아닐까?

이런 생각을 하는데, 사람의 목소리가 바로 옆에서 들려오는 것이었어요. "목사님, 지난 32년 동안 저는 목사님의 곁을 떠난 적이 없어요." 이건 창필의 목소리였어요. 그 소리는 어느새 내 속에서 들려오는 것이었어요. 나는 나의 온몸을 물들이는 이 거룩한 생명의 빛깔이 창필이 마음이라는 걸 알게 되는 거죠.

4·19 때 창필(한빛교회 신도로 4·19 때 경무대 앞에서 총을 맞아 죽음)의 터진 가슴이 어머니의 염통을 칼끝으로 쑤시는 아픔이 됐었는데, 이 푸른 마음은 아픈 마음이구나. 이 아픔에서라야 피어나는 새 생명의 빛깔, 그리고 그 향기를 표현할 말을 찾다니, 그건 그 빛깔을 모욕하는 일이지.

그러는데 푸르릉 날개 치며 우리의 사랑, 뱀이 하늘로 날아오르는 것이었어요.

"오늘은 부활절이에요." 이건 당신의 목소리였다오. 오늘이 부활절인 줄도 모르고 부활절을 맞았군요. 나는 일 년 365일을 날마다 부활절로 살아가는 걸까요?

뱀이 갓 푸르른 풀 이파리 나무 이파리의 빛깔로 하늘을 나는 날, 창필의 마음으로 내 마음 푸르러 오는 날. 1992년 4월 19일, 부활절 아침의 환상 이야기. 끝.

몽양 여운형을 생각하며
- 우리의 봄길님

동양 예술은 여백의 예술이라고 하겠지요. 모든 집착에서 풀려난 공백의 미학이지요. 마음 놓고 숨 쉴 수 있는 몸과 마음의 자유라고나 할는지요? 여유를 느끼게 해주는 아름다움이지요.

정치를 여백의 미학, 여유와 자유의 미학으로 살아간 사람으로서 몽양 여운형을 따를 사람이 없다는 것을 어제오늘 이기형 시인의 『몽양 여운형』을 읽으면서 새삼스레 느끼게 되네요. 아무것에도 매이지 않은 완전한 자유를 살다 간 사람이 몽양이군요. 아버지가 돌아가시자 조선조 5백 년 동안 이 겨레를 옭아매던 유교의 사슬을 탁탁 털어 버리고 기독교 신자가 되지요.

조국 광복을 위해서라면 기독교인도 공산주의자도 될 수 있었던 그 시대의 인물이지요. 그렇다고 기독교와 공산주의를 이용하는 데 멎어 버린다면 기회주의자라는 비판을 받아야겠지요. 몽양이 평양신학교에 가서 등록하고 공부했다는 것은 기독교의 진리를 본격적으로 알아야겠다는 생각이었지요. 기독교인이라는 이름을 가진 한, 진짜 기독교인이 되려는 생각이었던 거죠.

이기형 시인의 책에 없는 이야기 하나 할까요? 아버지가 돌아가시자 종 문서를 불살라 버리고 종들에게 자유를 주지요. 그리고 서울에 들어왔다가 집으로 돌아갔더니, 종이었던 사람들이 자기보고 '해라'를 하는데, 바짝 화를 냈다가 허허 웃으면서 "예수는 내가 믿고 복은 너희가 받았구나"라고 했다는 거거든. 이 말은 그가 예수쟁이라는 이름뿐 아니라 예수의 평등을 실천하는 명실상부한 기독교인으로 자신을 확신하고 있었다는 걸 말해 주는 거죠.

그의 자유 정신은 평양신학교에서 가르치는 정통 신학을 참을 수 없었던 거죠. 평양신학교를 중퇴한 다음에도 교회 생활을 계속하는데 그가 다니던 교회가 당신이 전도사 일을 보던 승동교회였군요. 하필이면 백정들이 모이는 승동교회였을까요? 선비들이 모이는 연동교회도 아니요, 민족 운동의 본산이 되어 있던 전덕기 목사의 상동교회도 아니고. 그는 해방된 백정들이 모이는 승동교회야말로 예수의 정신이 살아 있는 교회라고 생각했던 거죠.

그가 기독교에서 마르크시즘* 쪽으로 기운 까닭을 알 만하지요. 평등 사상을 기독교에서 배웠는데, 기독교는 평등을 위한 구체적인 정책을 전개할 힘이 없어 보였는데, 마르크시즘은 구체적인 정책을 들고 나왔으니. 그런데 마르크시스트들이 임시 정부에 비판적이요, 임정에서 떨어져 나간 반면에 몽양은 임정을 지키고 임정을 통해서 민족 광복을 이루어야 한다는 생각을 강하게 가지고 있었거든요.

레닌*에게서 오는 2백만 원을 임정에 넘겨야 하는 건데, 이동휘* 씨가 그 돈을 고려공산당*에 써 버렸다는 강한 비판을 하는군요. 그의 동생 여운홍 씨가 말하길 러시아에서 전개되는 사회주의 정책의 한계를 몽양은 일찍이 간파했었다니 놀라운 일이군요. 그래서 사회주의 이념에 투철하다는 사람들은 몽양을 회색분자, 기회주의자라고 비판했던가 보군요. 그는 피압박 민족의 해방을 위한 소련의 역사적인 사명을 굳게 믿고 있었고 마르크시즘에 상당히 경도傾倒*되어 있었으면서도, 결코 거기 매이지 않고 자유로울 수 있는 사람이었군요.

몽양의 정치 미학의 비결이 바로 이 자유로움, 이 유연성에 있었군요. 그러나 그에게는 조국 광복에 대한 일편단심이 있었지요. 이 일편단심이 그에게 유연성을 주었다고 할 수도 있겠지요. 여기에 몽양 정치 미학의 또 다른 비결이 있었던 거죠. 모든 예술의 본질은 '참'인데, 참만이 가도가도 색이 바래지 않는 아름다움인데, 몽양의 일편단심 곧 조국애가 그의 참이었던 거죠.

이 참이 그의 정치에 자유로움——유연성을 주는 것이었는데, 그것은 모든 가능성에 확 열린 개방성으로도 나타났군요. 그는 누구하고도 만날 수 있었고, 누구하고도 같이 의논하고 일할, 열린 자세를 가지고 있었군요. 심지어 일본 정부가 만나자고 하자 주저하지 않고 동경으로 건너가거든요. 단신으로 적진에 들어가서 끈질긴 회유와 공갈에 맞서 잘도 받아 냈군요. 기막히게 명석한 머리였군요. 그리고 정연한 논리였군요. 그러나 명석한 머리가, 정연한 논리가 그의 일편단심인 참된 마음 자세 때문에 단호할 수 있었고 적수들을 능소능대^{能小}_{能大}*하게 다루어 낼 수 있었던 저요. 그의 참에서 나오는 유연성이 그를 능소능대하게 만들었던 거죠.

어제 몽양의 정치 미학 이야기를 쓰다 말았는데, 후광*의 정치 미학도 40년에 걸친 일편단심에 그 비결이 있는 거죠. 많은 사람들은 그의 깨끗한 퇴장에 감명을 받았는지 모르지만, 그 아름다움의 배후에는 40년에 걸친 파란만장한 생애가 있고, 그 파란만장한 생애 속을 온갖 유혹과 죽음의 고비를 소신껏 초지일관* 뚫고 살아온 그의 진실성이 있었던 거죠. 그게 그렇게 돋보이는 것이 아닐까요?

몽양의 정치 미학을 더욱 돋보이게 하는 데 그의 스포츠 정신이 큰 몫을 하고 있었군요. 자신이 스포츠 만능이었고 자신이 있었군요. 내가 그 어른을 뵌 것이 그가 용정에 축구 대회를 주최하려고 왔을 때였죠. 『조선일보』, 『중앙일보』 주최였죠. 그것이 내가 그를 본 처음이요 마지막이었군요.

경기에 자신이 있으면 어떤 사람이나 팀을 상대로 멋진 경기를 펼쳐보고 싶은 거거든요. 상대가 강할수록 더욱 도전해 보고 싶은 거죠. 그가 동경으로 갈 때 임정의 어른들은 대부분 반대하는데도 갔거든요. 강대국 일본의 도전을 거절하는 것은 그의 스포츠 정신이 용납할 수 없었던 거죠. 그는 그 도전을 멋지게 받아 완승할 수 있었던 것이군요.

승부만 있고 예술성이 없는 스포츠, 더군다나 요새는 돈놀음마저 되어 버린 스포츠, 추잡함이죠. 경기에 지고 승부에 이기는 것보다 승부에 지더라도 경기에 이기는 것을 자랑으로 생각할 수 있는 스포츠 정신으로 정치를 해주었으면 얼마나 멋지고 신났겠어요. 이번 후광에게서 그런 스포츠 정신이 빛나고 있는 것이 아닐까요?

조국 분단의 십자가를 지고 간 두 희생양은 우리에게 정치란 권모술수權謀術數가 아니라 아름다움일 수 있다는 것을 보여 주었으니 그들은 결코 실패자가 아닌 거죠. 누가 인생은 짧고 예술은 길다고 했던가요?

흙에서 온 몸, 흙으로 돌아간다는 말은 사람의 덧없음을 말하는 것으로 느껴 왔는데 요즘은 그 말이 그렇게 흐뭇할 수가 없습니다. 땅과 나는 한 생명, 마음이 통하고 있는 땅이 나요 내가 땅이라는 느낌이 날이 갈수록 강하게 저를 압도해 오는 것 같습니다. 그리고 같은 땅에서 나서 같은 땅으로 돌아갈 우리는 네가 나요 내가 너인데 무슨 대립이 이렇게도 많은지 원망스럽군요. 한 피 받아 한 몸 이룬 사람들끼리 왜 이리 아웅다웅해야 하는 것인지 모르겠습니다. 너를 위하는 것이 나를 위하는 것이고 나를 위하는 것이 너를 위하는 것인데 말입니다.

제2부 하잘것없는 질그릇일망정

할아비는 너와 함께 숨 쉬고 있단다
－바우에게

네가 세상에 와서 벌써 일 년이 지났구나. 첫 돌상을 받는 자리에 이 못난 할아비는 있어 주지 못했구나. 그래도 뭐 괜찮지? 안 그래? 그날 나는 네가 만지던 수염을 쓰다듬으면서 네 손의 따뜻한 온기를 매만지며 네 목련꽃 웃음소리가 내 온몸에서 피어나는 것을 보며 하루를 즐길 수 있었으니까. 너는 내 축복이 필요 없다고 생각했다. 왜냐구? 네가 몽땅 우리의 복덩어리니까. 우리 가정의 복덩어리에 멈추는 것이 아니고 온 겨레의 복덩어리로 태어난 것이니까. 네 목련꽃 맑은 웃음이 지금도 이 안양까지 들려오는구나. 웃어라, 웃어라. 그리고 모든 사람에게 웃음꽃을 피워라.

이 할아비는 요새 요가라는 것에 홀딱 빠졌다. 요가란 결국 네 잠잘 때의 숨소리라고 하면, 뭐 그런 거 가지고 수선이시냐고 하겠지? 그래서 예수님은 어른들더러 도로 어린애가 되라고 하셨던 거지. 쌕

쌕 깊이 잠든 네 숨소리에 하늘나라가 있다는 것을 나는 요새 가슴으로 느끼고 있거든. '그러면 하늘나라라는 것도 뭐 대단한 게 아니군요?' 네 말이 맞다. 그게 무슨 그리 대단한 게 아닌데, 어른들은 그걸 가지고 법석이지. 예수님은 십자가에 달려 죽으시기까지 했는데 말이다.

아침에 일어나 엎드려 자리 기도를 하고는 고요히 앉아서 네 숨소리를 따라 나도 숨을 깊이 들이마셨다가 고요히 내뿜다 보면 그 고요한 숨소리가 네 숨소린지 내 숨소린지 모르게 된단다. 나는 그 숨소리만 듣고 있는 거지. 나는 어느샌지 땅의 숨소리, 하늘의 숨소리, 먼저 간 이들의 숨소리, 지금 살아 있는 사랑하는 사람들의 숨소리, 예수님의 숨소리, 석가의 숨소리를 듣고 있는 거란다. 그리고 그건 하느님의 숨소리이기도 하구. 문득 그건 또 이슬 머금은 풀잎의 맑은 숨결이 내 가슴 깊숙이 스며드는 거지. 후끈하게 전신의 피가 뜨거워 오고 온몸의 세포들은 드르륵 드르륵 창문을 열고 묵은 먼지를 털어 내고 아침 햇빛을 맞아들인단다. 이 할아비가 말이다. 그러노라면 땅속 깊은 데서 새 노래가 울려 나오며 바위는 부르르 몸을 떨며 눈을 와짝 뜨고는 목련꽃 웃음을 날리고 창밖에 선 비둘기 떼가 푸드덕 하늘로 날아오르는 거지.

다른 사람들은 내가 무슨 허황한 꿈을 꾸고 있다고 생각하겠지만 너는 이것이 꿈이 아니라는 걸 알 거다. '할아버지, 그게 꿈이지 뭐예요?' 그래, 네 말이 맞다. 네 할아비는 환갑 진갑˚ 다 지나고도 아직 철이 덜 들어서 이런 꿈속에 곧잘 잠기곤 하지. 그러나 그게 바로 너랑 같이 사는 일이니 얼마나 좋은 일이니? 나는 그 순간이 제일 기쁠 때란다. 나는 그때 진정 하늘나라의 기쁨에 홀랑 빠져 버리는 거지. '할아버지, 정말 그렇게 행복해?' 그래, 할아버지는 행복하다. 나는 이 행복을 네 목련꽃 웃음으로 모든 사람에게 뿌려 주고 싶어 미칠 것만 같다. '나, 할아버지 그 미치고 싶은 마음 알 것 같아.' 그래, 너만 내 마음 알아준다면 이 할아비는 금방 숨이 넘어가도 한이 없다. 이제 그만, 내일 아침 또다시 너랑 같이 숨 쉴 것을 약속하면서.

슬픔의 서정을 키워 보렴

―은숙에게

'내가 노래를 부른다'는 생각을 깨끗이 버리는 게 좋을 거야. 예술의
신 뮤즈가 은숙의 속에서 은숙의 목청으로 노래 부르도록 되어야 한
다. 예수가 "내가 하느님 안에, 하느님이 내 안에"라는 말씀을 하셨
지. 그런데 은숙의 하느님은 뮤즈인 거야. 기도하라고. 예술이 진정
예술이 되려면 그런 종교적인 경지에 깊이 들어가야 해.

  예수님의 하느님은 '사랑'이었어. 나는 지금 그 사랑의 하느님을
'슬픔'으로 경험하고 있지만. 그런데 사랑은 아름다운 거지. 철학자
들의 하느님은 '참'이고 플라톤의 하느님은 '선'이었지만 예술가의
하느님은 '아름다움' 곧 뮤즈인 거지. 우리의 하느님은 사랑이요 참
이요 선이기 때문에 아름다우신 거야. 멋진 분이시라는 말이지. 사랑
과 참과 선과 아름다움의 근원이요 창조자이신 거지. 그 하느님이 은
숙의 속에서 은숙의 목청으로 노래를 부르시게 되어야 한다는 말이

야. 이제 정말 그 기막히고 그윽하고 깊은 하느님의 품에 어린애처럼 폭 안기라고. 그 하느님이 온몸에 넘치시도록 기도하라고.

이것을 종교에서 죽었다가 다시 나는 거라고 한다. 예술가도 반드시 그런 경지를 지나야 하는 게 아닐까? 호근이는 '극적인 진실'이라고 했더군. 극적인 진실이 무얼까? 나는 그걸 슬픔이라고 생각한다. 드라마의 기원과 본질이 슬픔이 아닐까? 그래서 드라마의 본령*은 비극인 거겠지. 희극도 따지고 보면 그 속엔 몸을 가누기 힘든 슬픔이 있는 것이 아닐까? 드라마 작가들은 왜 비극을 쓰는 것일까? 사람을 사랑하기 때문이지. 그 무지무지한 고독과 절망 속을 절망하지 않고 몸부림치며 헤엄쳐 나가는 인간을 사랑하기 때문이지. 슬픔으로 표현되는 사랑에서 사람은 위안을, 용기를, 희망을, 기쁨을 찾는 것이 아니겠어? 나는 하느님을 슬픔으로 경험하면서 비로소 그의 사랑을 가슴 뭉클하게 느낄 수 있었다고. 지금 은숙이는 그걸 피부로 느낄 수 있는 것이 아닐까? 그것이 바로 은숙이 예술의 출발점이 된다고 나는 굳게 믿어요.

그 슬픔이 예술로 표현될 때, 그것은 서정이 되는 거 아니겠어? 나는 그 대표적인 예를 한국에서는 한용운*, 윤동주*에게서 볼 수 있다고 생각해요. 그 두 분의 시를 읽으면서 슬픔의 서정을 키우는 것이 좋을 것 같군. 은숙이는 너무 성량이 커서 어지간한 서정으로는 제어하기 힘들 거라고 믿어. 그렇기 때문에 음악 수련과 함께 시를 많이 많이 읽어야 할 거라고 믿어. 나는 믿어. 은숙이에게 그 목소리를 주신 하느님이 은숙의 속에 들어가서서 훌륭한 노래를 불러서 인간의 슬픔을 쓰다듬어 주시고 기쁨을 주실 거라고. 이제 어린애로서 새로 시작해요. 나는 그동안 요가를 해왔는데 혈압은 200~130까지 올라갔었어. 그래서 원점으로 돌아가서 가장 기본적인 데서부터 다시 차분히 시작했더니 2주일 만에 고혈압뿐만 아니라 40년 고생하던 머릿속 소리도 이겨 낼 수 있었어. 바로 그거야. 은숙의 목소리에서 하느님의 노래가 울려 퍼질 날을 기다리면서……

슬픔의 서정을 키워 보렴

어머님의 건강이 곧 사랑입니다

3월 15일. 그저께 접견실에서 어머님을 건너다보면서 정말 마음이 쓰렸습니다. 금방 쓰러질 듯한 어머님의 야위고 파리한 모습을 보면서 제가 건강하다는 것을 부끄럽고 죄스럽게까지 느꼈습니다. 그저께 저녁부터 끼니를 앞에 놓고 제 건강을 위한 기도를 그만두었습니다. '저에게 주신 것 같은 건강을 어머님에게, 그리고 모든 사랑하는 사람들에게 주시옵소서' 이렇게 기도하게 되었습니다. 저에게 있어서 건강이란 나 자신에 대한 거룩하기까지 한 의무인 동시에 하느님께 대한 충성이요, 나라와 겨레에 대한 충성이요, 부모에 대한 효도요, 처자들을 사랑하는 일입니다.

병이 죄라는 것은 20대 학생 시절 몸이 약해서 금강산에 들어가 휴양할 때 깨달았습니다. 내가 내 몸을 제대로 건사하지 못해서 약해지고 병이 나 하느님을 위해서, 나라와 겨레와 이웃을 위해서 살지 못하고 도리어 남의 도움과 섬김을 받아야 한다면 그것이 어찌 죄가 되지 않겠습니까? 이렇게 감옥에 있으면서도 부모님이 제 건강을 걱정하시지 않도록 하는 일 이상 더할 수 있는 효가 어디 있겠습니까? 물론 하느님에 대한 충성, 나라와 겨레에 대한 충성이냐, 부모에 대한 효냐 둘 가운데 하나를 택하지 않으면 안 되는 자리에 다다르면 저는 효를 희생해야 한다고 생각하고 살아온 것이 사실입니다. 다행인 것은 그 때마다 아버님, 어머님은 저의 불효를 도리어 효로 받아 주셨던 것입니다.

입장을 바꾸어 지금 어머님이 저를 사랑해 주시는 일은 저를 위해서 기도해 주시는 일만이 아닙니다. 어머님의 건강을 돌보시는 일도 저를 사랑해 주시는 일입니다. 여기 있으면서도 어머님의 건강 걱정을 하지 않도록 제 마음에서 무거운 짐을 덜어 주시는 일입니다. 이 편지를 받으시는 길로 치과에 가셔서 틀니를 해넣으세요. 그것이 저를 사랑하시는 일입니다. 어머님의 야윈 모습에 마음이 쓰여서 아버님 다리가 부으신다는 소식에 거의 마음을 쓰지 못했던 것을 방에 돌아와서야 깨달았습니다. 홍 의사에게 가시어 진단을 받아 보시는 것이 좋겠습니다. 저는 건강이 좋아지면서 건강하다는 것이 부끄럽게 느껴졌었는데, 그날 접견실에서 어머님을 건너다보면서 그 부끄러움이 마음의 아픔이 된다는 것을 느꼈습니다.

그런데 어제 아침, 식전 요가를 하다가 예수님의 심정이 찡하고 울려오는 것을 느꼈습니다. 예수님은 건강한 정도가 아니라 억센 체력을 가지셨을 것입니다. 스피커도 없는 시절에 들에서 몇 천 명을 앞에 놓고 이야기를 하고 병자들에게 시달리면서도 앓으셨다는 기록이 없거든요. 그렇게 건강한 몸이었기에 몸 약한 사람, 소경, 귀머거리, 문둥이, 절름발이 들을 보면서 부끄럽고 죄스럽게 느꼈을 것이 아니겠습니까? 예수님이 이사야˚ 53장의 고난받는 종이 바로 당신이라고 생각하고 사신 것이 바로 그것이 아니겠습니까? 당신의 건강을 부끄럽고 죄스럽게 느끼면서 사람들에게 몸과 마음의 건강을 주신 것이죠. 건강하지 않고는 당신의 건강을 부끄럽게 느끼시지 않으셨을 것이고, 마음과 몸의 건강을 주실 수 없었을 것입니다. 어머님은 지금까지 살아 계시다는 것을 부끄러워하고 계십니다. 어머님을 사랑하는 모든 사람들에게는 자랑이요 하느님께는 영광이 되는데도 말입니다.

저는 요가를 하면서, 수명이 다해서 갈 뿐 앓아서 죽지 않는 생을 살아 보여 주고 싶습니다. 스님들이 결가부좌˚로 앉아 명상하다가 입적˚하는 일이 간혹 있는데, 그것이 바로 요가의 힘입니다. 하느님이 우리에게 주신 생명은 바로 이렇게 사는 것입니다. 어머님의 몸이 얼마나 소중한 것인가 하는 것을 아서서 부디 천대하지 마세요. 어머님의 몸을 천대하는 것은 하느님께 불충하는 일이요 불신앙입니다. 우리는 몸을 천대하는 헬라˚ 사고나 중세기적인 금욕주의에서 벗어나야 합니다. 우리는 이 몸으로 부활하신 그리스도의 몸을 살아서 이 몸

으로 하느님의 영광을 드러내야 하는 것입니다. 이사야 40장 27~31
절을 다시 읽어 보세요, 어머니…….

모든 생명에는 마음이 있습니다
- 어머님께

아버님, 어머님을 뵌 지도 열흘이 되었군요. 제가 아버님, 어머님을 통해서 하느님께 이 몸을 받아 살아오기 어언 64년이 지났군요. 쉰 까지만 살았으면 하던 폐병 들린 허약한 소원이 14년을 더 산 셈입니다. 그 14년 하루하루를 덤으로 살았고, 앞으로도 계속 덤으로 살 것입니다.

오늘 아침에는 5시 15분에 일어나서 6시 15분까지 요가를 하고 세수하고 냉수마찰하고 방으로 들어오는데, 교대로 들어왔던 담당이 백수白壽를 하겠다고 하더군요. 백수는 모르지만 하느님께 허락받은 수를 병들게 하거나 병으로 분질러 먹지는 않을 것 같은 심정입니다. 하느님께 받은 '몸'이라고 하는데 '마음'은 어찌 되었느냐고 물으세요? 사실 몸이란 흙에 마음이 합해져서 몸이 되는 것이라고 저는 생각합니다. 마음이 떠나면 살은 흙이 되고 마는 것 같아요. 그건 마음이 아니라 생명이 아니냐고 하실지 모르지만, 생명과 함께 몸은 마음이 되는 것이 아닐까요. 그래서 저는 모든 생명에는 마음이 있다고 생각합니다. 그 모든 생명이 사람처럼 제 속에 있는 마음을 객관적으로 의식하는지 어떤지는 모르지만 말입니다. 모든 생명은 흙에서 나오는 건데, 그렇다면 흙 속에는 눈뜨지 않은, 잠자는 마음이 있는 것이 아닐까요? 그 마음이 아담*과 하와*에게서 눈을 뜨고 그 큰마음을 자각했을 때, 그것을 성서는 하느님의 형상이라고 한 것이 아닐까요? 조물주가 우주를 만드실 때 당신의 마음을 그 속에 심어 주신 것 같은 느낌이 드는 걸 막을 길이 없습니다. 진화란 생명의 진화만이 아니라 마음의 눈을 떠 가는 과정이라고 해도 되지 않을까요.

풀기 어려운 수수께끼는 마음으로 역사에 들어와 인간을 불행하게 만드는 '악'의 문제입니다. 바울*은 몸을 악의 근원이라고 했지만, 몸은 마음을 통해서 들어오는 악에 시달리고 있는 거죠. 정말 바울은 삼라만상*이 이 악 때문에 신음하면서 하느님의 아들이 나타나기를 기다린다고 했는데, 마음이 없이 신음할 수는 없지 않겠습니까? 그 신음 소리를 찬양 소리로 바꾸는 데 구원이 있다면, 그 구원은 단순히 영혼의 구원이 아니라 우주의 구원일 수밖에 없는 것이 아닐까요?

밖에 나가서 뜨거운 볕을 받으며 땀을 뻘뻘 흘리며 1시간 운동하고 들어와서 냉수 목욕으로 몸을 식히고 요가를 한참 하고 나와서 참

외를 먹고 계속해서 붓을 들었습니다. 64년 전 어머님을 통해서 받은 몸이야 없어진 지 오래인데, 그동안 제 몸속으로 동식물을 통해서 들어오는 흙이 어떻게 어머니를 통해서 받았던 몸의 연장으로 존재하느냐는 것이 정말 신비합니다. 학자들은 그것을 기억이라고들 하지요. 우리의 몸은 분명 흙인데 이 몸이 지난날의 애환을 기억하고 그 기억을 토대로 내일을 향해서 오늘을 산다는 일이 어찌 신비가 아니겠습니까?

요즘 저는 이렇게 신비에 싸여, 신비에 떠받들려, 신비를 먹고 숨쉬며, 신비를 살아가는 몸의 신비에 좀 어리둥절해 있습니다. 사람의 생명이란, 그리고 인격이란 우주 신비의 극치인데, 너무 헐값이 되어가고 있는 것 같군요. 너무너무 천해져 가고 있습니다. 흙에서 온 몸, 흙으로 돌아간다는 말은 사람의 덧없음을 말하는 것으로 느껴 왔는데 요즘은 그 말이 그렇게 흐뭇할 수가 없습니다. 땅과 나는 한 생명, 마음이 통하고 있는 땅이 나요 내가 땅이라는 느낌이 날이 갈수록 강하게 저를 압도해 오는 것 같습니다. 그리고 같은 땅에서 나서 같은 땅으로 돌아갈 우리는 네가 나요 내가 너인데 무슨 대립이 이렇게도 많은지 원망스럽군요. 한 피 받아 한 몸 이룬 사람들끼리 왜 이리 아웅다웅해야 하는 것인지 모르겠습니다. 너를 위하는 것이 나를 위하는 것이고 나를 위하는 것이 너를 위하는 것인데 말입니다.

서로 아끼고 위하며 살아도 한평생이 잠깐인데 그동안을 아웅다웅으로 찢어발기며 살아야 한다니, 사는 것이 아니라 죽어야 한다니. 어제 아침에 베드로전서*를 읽다가 이런 구절을 읽었습니다. "여러분은 진리에 복종함으로써(진실을 따라 삶으로써) 마음이 깨끗해져서 꾸밈없이 형제를 사랑할 수 있게 되었으니 충심으로 열렬히 서로 사랑하십시오." (2:22)

불나게 서로 사랑해도 사람의 한평생이란 아쉽기만 한 건데, 사람들은 불나게 서로를 미워하고 있으니 한심하다는 느낌이 드는군요. 모두들 열렬히 거짓으로 꾸며 형제를 속이며, 열렬히 더럽게 서로 싸우며 죽고 죽이며 살아가는, 아니 죽어 가는 사람들을 굽어보시면서 하느님은 얼마나 속이 상하시겠어요? 제가 이렇게 속이 상하는데 말입니다. 저의 64년 생애를 되돌아보면서, 나는 불나게 서로 사랑하면서 살지 못했구나 하는 생각에 새삼 인생을 헛살았구나 하는 느낌이 듭니다. 이제부터라도 늦지 않으니 불나게 사랑하면서 살고 싶어지는군요. 열나게, 열나게, 열나게……

평화의 누룩
−성심에게

만세, 우리 성심이 만만세. 조물주는 어쩌자고 힘이 센 남자들에게 아기를 낳게 하지 않고 약한 여자에게 아기를 낳게 하신 걸까. 은숙이, 영금이, 채원이 때도 그렇다고 안 느낀 건 아니지만, 성심인 시어머니 첫아기 낳을 때처럼 가냘퍼서 더 애처롭게 느끼는 걸까, 안쓰러운 느낌 금할 길 없구나. 그렇다고 느끼는 만큼, 새 생명이 중요하고 새 생명을 열 달 동안 몸속에서 제 피로 키우고 그 산고産苦를 겪고 낳아 주고 제 젖을 먹여 기르는 성심이가, 아니 모든 여성이 소중한 거지. 생명의 소중함, 그 신비를 남자들은 아무리 해도 여자들만큼 알 수 없는 거라고 생각해. 자식이 아플 때뿐만 아니라 자식이 잘될 때마저 여자는 가슴에 통증을 느끼는 것이 아닐까. 죽음의 고비를 번번이 넘는 아픔이 짙게 배어 있는 모성애, 거기에 인생이라는 나무는 뿌리를 내리고 있다고 나는 믿어. 아프게 아프게 제 새끼를 생각하는 마음이 다른 어머니들의 마음을 알아주는 데서 훈훈하고 찐득찐득한 인정이 솟아나는 것이 아닐까?

난 요새 평화의 누룩이 무엇이냐는 생각을 하다가 그것이 곧 인정이라는 걸 알았어. 이 냉혹한 현실에서 인정 가지고 무얼 하겠느냐고 하겠지만 난 인정이라는 것이 그렇게 약한 거라고 생각지를 않아. 그건 모성애를 약하다고 하는 것이 되니까. 해와 바람이 사람의 품을 헤치는 내기를 했다는 이야기가 있지 않아? 바로 그거야. 세상이 냉혹해질수록 우리는 인정의 훈풍을 불어넣어야 하는 것이 아닐까? 정치·경제 등 사회 조직은 어디까지나 이성으로, 계획과 숫자로 해가야 하는 건데 거기 어디 인정이 끼어들 데가 있을까? 끼어들어도 안 되는 것이 아닐까? 이것이 바로 이 시대의 사고인 거지. 사람은 분명 뼈와 살로 되어 있지만 숨결이 없으면 그는 죽은 거 아니겠어? 우리가 살고 있는 이 사회 조직 속에도 사람의 몸의 입김 같은 인정이 있어야 한다고 나는 믿어. 정치니 경제니 하는 것도 다 사람이 사람을 위해서 하는 건데, 우리는 거기서 인정을 느낄 수 없이 되었거든. 그야말로 살맛이 떨어진 거지.

이제 이 땅의 어머니들은 가슴이 찌릿하게 아파 오는 인정을 냉혹한 남자들의 세계에 불어넣어야 해. 성심이도 이제 그런 어머니 가운데 하나가 된 거지. 이제 성심이 부르는 노래에서도 인정의 아픔과 따뜻함이 들려올 거라고 믿어. 사람이 살아가는 데 필수 불가결이 아니라고 생각될 수도 있는 인정은 예술에 있어서 서정과도 같은 것이 아닐까? 시는 밥을 먹여 주는 것이 아니라는 말들을 흔히 하지. 그런 의미에서 서정이란, 아니 예술이란 생의 필수 불가결은 아니지. 여분이요 사치로 보일 수도 있지. 그런데 그 서정이라는 것이 생의 한복판에서 울려 나오고 생의 한복판으로 울려 들어가는 소리, 생의 의미와 가치를 울려 퍼뜨리는 소리, 그것 없이도 분명 밥을 먹을 수는 있으나 그것 없이 먹는 밥에선 참밥맛이 나지 않는 것, 인정도 난 그런 거라고 믿어. 이제 성심의 인생이 무르익으면서 예술도 더 익어 갈 거야. 기대, 기대.

아버님을 보내며
– 어머님

꼭 꿈만 같습니다. 거의 한 세기에 걸친 민족 수난사를 굽이굽이 여기까지 걸어오신 아버님의 지상 생활이 거의 끝나 가는 것을 보면서 죄인이라는 죄책감에서 풀려나 그냥 감사 찬송을 부르고 싶습니다. 길고 긴 마라톤이 끝나고 이제 월계관이 기다리는 결승점에 다가가시는 아버님이 제게는 자랑스럽기만 합니다. 해방 후 서울에 오셔서 노동판에 가서 일을 하면서도 군정청*에 들어와 같이 일하자는 옛 친구들의 권유를 뿌리치신 아버님! 아버님은 일생을 그런 자세로 사셨으니. 제가 그 자리에 있었다면 군정청에 들어가서 우선 가족의 생계를 도모하고 보았을 것입니다. 역시 저는 도저히 아버님에게는 미칠 수 없군요.

어머니, 72년을 같이 걸어오신 아버님이 먼저 결승점에 들어서시는 걸 감사의 노래 부르며 박수로 보내 드립시다. 큰 박수로! 오늘 아침 시편*을 펼쳤더니 33편이었습니다. 아버님을 생각하면서 첫 절을 이렇게 번역하고 싶군요. "넓고 평탄한 길 활개 치며 질주하지 않고, 굽이굽이 좁고 험한 길 곧은 마음으로 걸어 결승점에 들어서는 사람아, 야훼를 우러러 기쁜 노래 불러라. 소처럼 우직하고 양처럼 유순하고 이슬처럼 맑은 마음에서 우러나와야 노래라고 할 수 있는 것이니." 제가 짓는 노래가 조금이라도 노래다운 노래가 된다면, 그건 제 가슴에 울리는 아버님의 맑은 마음 덕이 아니겠습니까?

공자는 시는 사무사하다고 했지요. 사특한 생각이 없어야 시가 된다는 말입니다. 사무사에서 나오지 않는 노래는 노래랄 것이 못 된다는 말입니다. 독을 머금은 노래가 된다는 말입니다. 시란 말(詩)로 신에게 지어 바치는 절(寺)이라고 동양 사람들은 옛적부터 생각해 왔거든요. 그 절 앞에서 절하는 일이 바로 시가 되는 거구요. 이런 것이 오늘 아침 시편 33편 1절에서 보였습니다. 아버님의 마음이 저의 눈을 열어 주신 거지요.

인생이란 믿음이요, 믿음은 진실이요, 진실은 마음이요, 마음은 그냥 겸비謙卑일 뿐이라는 걸 아버님은 그 큰 발바닥으로 제 가슴에 꽉 찍어 주셨습니다. 머지않아 아버님이 결승점에 들어서시면 발바닥은 오직 발바닥일 뿐이라는 발바닥의 겸비만이 남겠군요. 하늘을 처다볼 눈도 없는, 지워 버릴 머릿속 꿈도 없는, 비워 버릴 가슴속 마음도 없는, 87년을 말없이 땅만 밟으며 험산준령을 넘고 또 넘으며 찢어지고 터지며 걷고 또 걸어오신 아버님의 발바닥 자국만이 남겠군요. 그 발바닥 자국이 이미 제 가슴에서 숨 쉬는 것 같습니다. 물론 그 자국에는 어머님의 발바닥 자국도 겹쳐지는 것이지만요. '죽는 날까지 하늘을 우러러 한 점 부끄럼이 없기를' 다짐하면서 동주는 29년을 살고 갔지만, 그 마음가짐으로 아버님, 어머님은 거의 한 세기를 사셨다고 저는 만천하를 향해 외칠 수 있습니다. 서른여섯이라는 한창 나이에 가신 할아버님의 짧은 생애가 억울해서 우리 집 뒤에 서 있던 상수리나무는 우리 집 쪽으로 뻗은 아름드리 가지가 뚝 꺾였다지만, 아버님이 달려갈 길을 다 달리시고 눈을 감으시는 날 한 그루 우람한 상수리나무가 민족사에 우뚝 일어서는 것이 저는 환상으로 내다보입니다.

영하 10도나 내려갔다는데, 해가 반짝 나면서 당연히 무거워야 할 제 마음이 가볍기만 합니다. 아버님은 제 손을 꼭 잡으시고 "나는 아무것도 아니다"라는 말을 세 번 되풀이해서 너무나 단호하게 말씀하셨습니다. "내게는 하느님이 주신 뙤씨 한 알밖에 없다"고. 그 말씀도 여러 번 되풀이하셨습니다. 그리고 그 뙤씨를 믿는 것이 믿음이라고 또렷이 말씀하셨습니다. "그것이 곧 하느님을 믿는 것입니까?" 이렇게 제가 물었더니, 아버님은 크게 머리를 끄덕이시면서 "그렇다"고 긍정하셨습니다. 정신이 오락가락 헛소리를 하시던 아버님 어디에 이렇게 맑은 정신이 있었는지? 생각만 해도 기이할 정도입니다. 아버님의 손을 잡고 이 귀한 말씀을 들을 수 있었다는 걸 생각하면, 저는 말로 다할 수 없는 감사를 하느님께 드리지 않을 수 없습니다. 이 감사가 제 어깨를 무겁게 누르던 죄책감을 홀렁 벗겨 주는 겁니다. 아버님이 손수 벗겨 주신 거죠.

　제가 아버님, 어머님보다 먼저 갈 뻔했던 것이 1963년이었습니다. 성모병원 병실에서 제정신이 돌아와서 눈을 떴을 때 저를 걱정스레 굽어보시던 아버님, 어머님의 얼굴을 저는 잊을 수 없습니다. 그때 저는 아버님, 어머님보다 먼저 죽어서는 안 된다는 걸 깨달았습니다. 아버님, 어머님의 눈은 제 손으로 감겨 드려야 한다고 굳게 마음에 다짐했었습니다. 아버님, 어머님의 관에 첫 흙을 떨어뜨릴 것도 저여야 합니다. 그런데 그 생각만 하면, 저는 무거운 죄책감에 눌리는 것을 느끼는 것이었습니다. 백번 죽었다 깨나도 아버님, 어머님 은혜를 갚을 길 없으니 아버님, 어머님을 땅에 묻으면서 어찌 죄인이 되지 않을 수 있겠습니까?

　그런데 그 죄책감에서 저는 벗어났습니다. 아버님을 저희 가운데 보내 주시고 인생을, 믿음을, 그 겸비를 보여 주신 하느님께 감사할 뿐입니다. 그 아버님의 아들로 살아왔다는 것이 그렇게 자랑스러울 수가 없었습니다. 아버님, 어머님과 같이 앉아 이야기를 주고받으며 아버님, 어머님의 일대기를 쓸 수 없다면 이건 정말 저에게는 한으로 남을 것입니다. 아버님이 정열을 가지고 준비하신 만주의 한인과 기독교의 역사가 완성되는 것, 또 그렇게 뜨겁게 빌며 기다리시던 조국의 통일도 못 보고 가신다면 그것도 제 마음에는 한으로 맺힐 것입니다. 그러나 저는 비스가산 이름 산꼭대기에 올라가 약속의 땅을 건너다

보기만 하고 요르단 강을 못 건넌 모세[*]를 생각하고 위로받을 것입니다. 동주의 뼛속, 살 속에 응어리져 있던 민족 시들이 화장터의 연기로 사라진 일을 생각하며 위로받을 것입니다.

모세의 한은 여호수아[*]가 풀어 주었고 화장터의 연기로 사라진 동주의 시들은 이 땅의 젊은 시인들에게서 되살아나고 있습니다. 아버님의 콩팥을 받은 사람이 우리 가운데 살아남을 것이구요. 아버님의 눈을 받아 광명을 찾은 사람이 아버님의 눈으로 아버님이 그렇게 애타게 기다리시던 통일을 볼 거니까요. 통일이 오는 날 누구의 눈에서보다도 아버님의 눈에서 뜨거운 눈물이 더 많이 흐를 것입니다. 아버님은 내일 모레면 아흔이신데, 큰일을 미완성으로 후대에 남기고 떠나신다니 얼마나 자랑스러운 일입니까. 방바닥이나 덥히며 노망이나 들지 않으면 다행이라고 생각되는 나이인데 말입니다.

김활란[*] 박사가 당신 장례식에 '할렐루야'를 불러 달라고 유언을 남기셨지요. 우리 아버님을 천국으로 보내 드리는 날도 우리는 '할렐루야'를 불러야 합니다. 천국 문턱에까지 가셨다가 아버님 병구완[*]을 하려고 어머님은 다시 돌아오신 셈이 되셨군요. 증조모님, 조부모님, 이제 또 아버님까지, 어머님을 위해서 하늘에 마련된 상이 크고 또 크리라고 믿습니다. 병간호에 지치지 않으시도록 어머님도 효소를 잡수세요. 꼭 잡수세요. 어머님 건강을 빕니다.

아버님을 보내며

감옥은 민족사의 대학원입니다
– 어머님께

저는 어머님 격려를 받으면서 또다시 들어온 셈입니다. "목사님, 다시 들어가지 마세요" 하는 어떤 젊은이의 말을 듣고 "나도 다시 들어가고 싶지 않아" 했더니 어머님이 옆에서 들으시다가 "그게 무슨 소리야?" 하시잖았어요? 그래서 저는 아무 마음에 걸리는 것 없이 들어올 수 있었습니다. 그리고 제가 들어온 것은 어느 모로 보나 썩 잘된 일인 거구요. 이렇게 하느님의 뜻은 이루어져 가는 것이고 역사는 진전되어 가는 것 아니겠습니까? 그러니 감사할밖에요.

78년 두번째로 들어올 때의 감격에 비하면 이번에는 훨씬 차분한 기분이었습니다. 그때 왜 그리도 기뻤던지는 석방된 후 『월간 중앙』에서 옥중기를 써 달라고 해서 쓰다가(삭제되고 말았지만) 비로소 알았습니다. 이곳이 바로 내가 인간으로 다시 태어난 곳이었기 때문이라는 것을. 그것은 북간도 명동으로 돌아간다면 그때에나 느낄 기쁨이었습니다.

　그러나 이번에도 그것이 없었던 것은 아닙니다. 모든 것이 아주 아주 익숙해 있어서 무슨 새로움 같은 것이 없었다고나 할까요. 그래서 퍽 담담했던 것 같습니다. 그러나 첫날밤 자리에 누워서 가슴에 손을 얹고 생각해 보니, 여기는 이 땅의 가장 가슴 뜨거운 사람들이 있는 곳이구나 하는 생각이 들어 정말 가슴이 뭉클했습니다. 어쩌면 지금까지 나는 회오리바람의 변두리에서 떠돌고 있는 것이 아니었냐는 생각이 들었습니다. 이제 바로 회오리바람의 눈 한복판에 들어왔다는 느낌입니다. 섭섭한 건 이렇게 병사(病舍)에 격리되어 있다는 것입니다.

　아참, 오늘 접견 나가다가 김정남 씨가 운동하고 들어가는 걸 만났습니다. 또 하나 민족사의 상층부에서 활동하다가 민족사의 새살이 나와야 밑바닥으로 내려왔다는 걸 깨달은 것입니다. 여기야말로 이 민족의 모든 부조리가 모이고 쌓이고 비벼 대며 아우성치는 곳 아닙니까? 세상은 이 사회의 치부(恥部)라고도 하구요. 가장 썩어 있는 곳이라고도 하구요. 그러나 새살은 바로 이 밑바닥에서 솟아나야 합니다. 바로 거기에 하느님은 또다시 저를 처넣으셨습니다. 저는 그 좀 퀴퀴한 냄새를 맡으며 또 얼마를 여기서 지내게 되었습니다. 아픔의 현장, 문제의 현장에 와 있다는 것은 중요한 일입니다. 하느님은 저를 쓰려고 이렇게 또다시 민족사의 대학원 제4학기에 보내 주신 겁니다. 열심히 공부하고 열심히 생각하겠습니다. 이 퀴퀴한 냄새를 24시간 마셔 가면서 민족의 온갖 문제를 가다 오다 만나는 얼굴 얼굴에서 확인하면서.

어머니, 부디 건강하셔야 합니다. 콩 우유를 많이 많이 마시세요. 아버님이 가셨을 때만 해도 어머님이 계시니까 하는 생각이 저를 떠받들어 주었습니다. 어머님, 정신력으로 버티어 주시기를 빕니다. 나가는 길로 만사 제쳐 놓고 아버님, 어머님 회고록을 마치기로 맹세합니다.

배식이 떴습니다. 저녁을 맛있게 맛있게 먹겠습니다. 보리쌀 한 톨 한 톨 미음이 되도록 씹어 먹으면 그처럼 맛있는 것이 세상에 없다고 느껴집니다. 고단하신데 자주 오지 마세요.

공동선의 추구

- 백 목사님

민족 통일은 민족 화해지요. 그러니 통일은 그리스도 인에게 있어서 화해의 복음, 평화의 복음의 실천, 벗어 버릴래야 벗어 버릴 수 없는 우리의 과제지요. 이 일을 제쳐 놓고 하는 모든 일은 직무 태만이요 직무 유기라고 해야 하지 않겠습니까?

요새 정부는 통일을 민족 공동체의 회복이라고 말하게 되었습니다. 천만다행입니다. 갈라져서 원수가 되었던 겨레가 다시 하나로 뭉쳐 운명 공동체, 생활 공동체, 문화 공동체를 이룩하자는 것이 이 얼마나 반가운 일입니까? 이것이 바로 민족 대화해의 내용 아니겠습니까?

여기서 분명하게 드러나는 것은, 화해란 싸움을 그만두고 손을 털고 허허 웃으면서 제 할 일로 돌아가는 것을 말하는 게 아니라는 점입니다. 그것은 너 없으면 나 못 살고 나 없으면 너 못 산다는, 서로

끊을 수 없는 관계를 형성하는 일이군요. 나는 너를 살리고 너는 나를 살린다는 책임 의식을 가진다는 걸 말하는 것이구요. 공동의 책임 의식을 가지고 살기 좋은 사회를 같이 만들어 가고 모두에게 희망을 안겨 주는 문화를 힘과 슬기를 모아 같이 세워 나가는 일이군요. 이것은 7천만 겨레가 같이 딛고 서야 할 생의 같은 터전을 찾아 세우는 일이요, 다 같이 사람답게 살아갈 수 있는 생활 환경과 조건을 함께 만들어 가는 일이군요.

우리의 생활 환경과 조건이라는 것은 결코 물질적인 면만을 말하는 것은 아니죠. 그것은 정신적인 면도 포함되는 것입니다. 사실 물질적이다, 정신적이다 하는 것 자체가 그릇된 이원론적인 사고라고 해야지요. 물질적인 동시에 정신적인 내용을 우리의 공동 재산으로 우리의 생과 역사에 채우는 창조적인 작업이라는 면도 화해라거나 민족 공동체라는 말에 포함되어 있는 것 아니겠습니까?

이 공동의 기반이 공동의 내용, 공동의 목표 앞에서 지역적인 차이, 계층, 사상, 제도 등의 차이를 극복 못하리만큼 중요한 것이 아니라는 것을 우리는 확인해야 합니다. 이것이 바로 7·4 남북공동성명의 통일 제3원칙이지요. 사상과 이념과 제도의 차이를 넘어선 민족 대동단결의 원칙이 바로 그것입니다.

민족 화해, 민족 공동체 형성을 위해서 극복해야 할 최대의 걸림돌인 흑백 논리는 그런 부차적인 차이를 절대시하는 일입니다. 이런 상대적인 차이는 민족 공동체라는 큰 테두리 안에서 평화롭게 공존하면서 더 나은 것을 창출해 내는 계기는 될망정 공동체 형성을 가로막는 것이어서는 안 되는 것 아니겠습니까? 그러고 보면 흑백 논리는 본말을 뒤엎은 일이죠. 남아연방의 인종 차별은 그 좋은 보기라고 하겠습니다. 흑인과 백인이 다 사람으로서 행복하게 살 권리를 가지고 있다는 대전제를 무시하고 얼굴 빛깔이 희냐 검냐는 극히 사소한 차이를 절대시하는 일이 흑백 논리의 비극적인 표본이 아니겠습니까?

그러나 민족 공동체 형성을 위해서 남과 북이 같이 노력한다고 해서 그것이 민족 이기주의에 빠지는 일이 되어서는 안 되지요. 어쩌면 이걸 깨는 일이 우리 그리스도 인들에게 짊어지워진 사명인지도 모르죠. 우리 겨레의 공동선을 추구하는 일이 인류의 공동선 추구와 충돌을 일으키지 않도록 해야 한다는 말입니다. 우리가 서둘러서 민족 공동체 형성을 위해서 노력해야 한다면, 그것은 우리의 공동선을 추구하는 일인 동시에 인류의 공동선을 위한 전 인류의 노력에 한몫 제대로 하기 위함이어야 한다는 말입니다. 오늘은 이만.

컴퓨터도 좋지만
그보다 더 좋은 자연의 세계가 있답니다

－바우님

우리 바우님이 시인이 되셨어. 손자는 할아버지, 할머니 북간도 고향 갈 날을 생각하며 시를 썼는데, 할아버지는 어떤 시를 썼는지 알아?

"해묵은 솔방울 위에 앉아서 / 세상 좋아라 까부는 참새 한 마리 / 네겐 외로움 같은 거 있을 리 없어 / 마냥 푸른 하늘이어라."

난 네가 컴퓨터로 그려 냈다는 그림 넉 장을 보면서 영 옛날 사람이 된 것 같구나. 컴퓨터로 그림을 그린다는 것이 어떤 것인지 전연 상상이 안 되니 말이다. 바우가 시인이 되자면 컴퓨터 앞에만 앉아 있어 가지고는 안 될 것 같아. 그림 그리는 것도 그렇고, 컴퓨터 이상으로 나무 이파리의 생리, 사람 몸의 신비에도 눈을 돌려야 하지 않을까? 천문학에 관한 책을 사서 읽으면서 밤하늘의 별자리들도 공부해 봐. 사실 컴퓨터란 그런 걸 공부하려고 만든 것이었으니까. 안 그래?

바우가 컴퓨터에 빠져 있는 동안 할아버지는 지금 바둑에 빠져 있다구. 바둑은 옛날 도인들이 산간 나무 그늘에서 땅에 금을 그어 놓고 흰 돌, 검은 돌을 가지고 놀던 거거든. 그 도인들이 상대편 말을 잡아먹는 악취미를 가지고 바둑을 놀았으리라고 생각하는 건 당치도 않은 말이지. 그런데 바둑 책을 보면, 바둑의 재미는 잡아먹고 잡아먹히는 재미라고 써 있단 말이야. 썩 잘 둔 바둑, 그걸 명국(名局)이라고 한다. 그런 명국보를 검토해 보면 잡아먹고 먹히는 일이 거의 없다는 걸 알 수 있다.

오직 닦은 기(技)와 예(藝)로 힘겨루기를 하면서 각기 자기의 세계를 발전시켜 나가는 데 몰입하는 게 바둑이라는 걸 알 수 있다. 그걸 혼자 한다면 얼마나 싱겁겠니? 도전해 오는 또 하나 다른 세계와 부딪혀 가면서 전개되는 나의 세계. 그건 돌 하나하나 놓을 때마다 미지의 세계를 새롭게 개척해 나가는 일이 되는 거고, 상대방이 전개하는 세계는 나의 세계에 도전해 오는 힘인 거고, 새 세계를 열게 하는 기회요 가능성인 거란다.

흑을 쥔 사람도 백을 쥔 사람도 50:50의 권한과 기회를 가지고 있다는 전제에서 바둑은 시작되는 거야. 바둑은 욕심을 부리면 안 되는 거다. 욕심을 부리다가는 지나친 수를 쓰게 돼. 그걸 과수*라고 한다. 과수는 누구를 망치느냐 하면 자기를 망쳐. 상대편에게도 50을 준다는 자세가 바둑을 바로 두는 자세인 거야. 그런 공정한 자세로 최선을 다한 대국이 반집*으로 승부가 결정되었다면 그게 바로 명국이지.

불계승*·불계패*로 끝난 대국은 별 가치 없는 대국인 거고.

바둑 돌은 평등이다. 그 가치가 똑같아. 그러나 놓이는 자리를 따라 그 값이 엄청나게 달라진단다. 다른 돌들이 빛나기 위해서 기꺼이 희생되는 돌들도 있다. 그건 그것대로 고귀한 희생을 치른 값진 돌이 되는 거고. 바둑판은 자유인 거지. 열린 자유의 공간이라는 말이다. 흑백의 공동의 공간인 거고. 흑의 세계만도 아니고 백의 세계만도 아니고, 두 세계가 어울려서 이룩한 세계가 바둑의 세계인 거다.

그건 어느 한쪽이 다른 한쪽을 정복하는 일이 아니야. 기와 예의 힘을 겨루며 조화 있게 공존하면서 한 세계를 이루는 거지. 이게 바로 우리가 이룩해야 할 통일이란다.

컴퓨터로도 바둑을 할 수 있겠지만 그건 별 재미가 없을 거라는 생각이 드는구나. 컴퓨터도 좋지만 그보다 더 좋은 자연의 세계가 있다는 것, 바둑이라는 또 하나 다른 기막힌 세계가 있다는 걸 알아 두어라. 모든 것을 기계가 결정하는 컴퓨터와 모든 걸 하나하나 사람이 결정하는 바둑이 서로 조화를 이루어야겠지.

아빠, 엄마가 요새 무지무지하게 바쁜가 보지? 할아버지는 느긋하게 바둑 공부를 하고 있는데 말이다. 너 건강해야 한다. 좋은 시를 많이 써라. 시야말로 아름다운 상상의 세계를 펼치는 일이니까.

대학에 진학한 청년에게

– 박성민 군에게

일 년 재수쯤은 누구나 치르는 홍역쯤인가? 아무튼 기쁜 일이야. 우선 축하하네. 비록 국문과이기는 해도 나의 후배 동문이라는 건 부정할 수 없는 일 아니겠어. 그런 점에서 참 기쁘다구. '비록 국문과이기는 해도'라고 쓰고 보니 오해할 것 같아서 해명해야겠군. 나와 같은 신학자가 아니라는 말이지, 국문과를 뭐 낮게 보고 하는 말은 아니었다구. 내가 얼마나 우리말을 사랑하는데 국문과를 깔보겠어.

한신대학이 신학과 이외의 여러 과를 가진 대학으로 커 간 역사는 짧아도 그 뿌리는 괜찮다구. 자랑스럽기조차 하다구. 일제 말기 선교사들이 철수한 다음, 순 우리 민족의 힘과 뜻으로 목사 양성을 위해서 세워진 한신의 뿌리는 자주 정신인 거야. 일본이 일본적 기독교를 만들려고 한국의 신학교들을 통합해서 통제하려고 했을 때, 그걸 떨쳐 버리고 나옴으로써 일본의 계획을 좌절시킨 일도 한신의 역사에 있어서 찬란한 한 페이지인 거구.

정통주의 서구 신학의 틀을 깨고 학문의 자유를 쟁취하는 일이 결코 쉬운 일이 아니었다구. 종교적인 독단이 얼마나 깨기 어려운가는 군도 이해할 수 있을 거야. '예수 믿고 천당 가' 식의 신앙을 역사의 현장으로 끌어내린 공적도 한신의 위업인 거고.

문학이 유미주의˚의 상아탑에서 역사의 주류 속으로 뛰어든 역사를 생각해 보면, 그 역사적인 의미가 무엇이었고 그 공적이 얼마나 큰 것이었는지 짐작할 수 있을 거야. 한신이 걸어온 발자취는 국문학을 전공하려는 군에게 있어서도 결코 그 의미가 작은 것이 아니라고 생각되네. 그러나 한신 캠퍼스에 발을 들여놓게 되었다는 거나 축하한대서야! 1990년 한국에서 대학 생활을 시작한다는 일이 정말 정말 축하할 일이지. 오늘 한국의 대학생들만큼 수난의 가시밭길을 넘어지며 엎어지며 돌아가는 학생들이 세계에 어디 있겠어.

그것은 무엇을 말하는가? 그것은 한국의 대학생들이 신념으로 살아가고 있다는 걸 말하는 거지. 모두들 자신의 영달˚과 출세 같은 것은 안중에도 없는 거야. 한 번밖에 살 수 없는 인생을 아낌없이 바칠 수 있는 가치, 진실을 찾아 나선 것이 한국의 대학생들인 거야. 그것은 앞서 간 세대에게서 전수받는 게 아니라구. 오늘 한국의 대학생들은 온몸으로 역사의 격랑에 부딪쳐 가면서 찾으려고 하는 거야. 우리의 교실은 역사의 현장이요, 교재는 우리가 살아가는 역사 자체인 거야. 앞서 간 세대들에도 귀를 기울여야지. 그러나 그것은 참고서인 거지 교재는 아니라구.

온몸으로 역사에 부딪쳐 가며 인생의 의미, 역사의 의미를 찾는다는 것은, 그리고 인생을, 역사를 바로 살아가는 길을 찾는다는 것은 혼자의 힘으로는 어림도 없어. 그런데 군의 전후좌우에는 많은 친구들이 있다구. 온몸으로 역사에 부딪쳐 가면서 인생의 의미, 역사의 의미를 찾고, 그 길을 찾는 뜨거운 열정과 차가운 지성을 갖춘 젊은 학도들이 군의 전후좌우를 에워쌀 거라는 말이지.

지금 군이 뛰어든 학문의 전망은 지금까지 군이 거쳐 온 학풍과는 전연 다를 거야. 지금까지는 어떻게 하면 많은 친구들을 물리치고 내가 좋은 성적을 올리느냐 하는 경쟁 교육이었지. 몰려오는 잠을 다리를 쥐어뜯으며 물리쳐 가면서 공부한 보람으로 대학 입학이라는 영광과 기쁨을 내 것으로 삼아 누리는 걸 당연한 것으로 생각하는 거 아니겠어?

이제부터 군은 학점은 부모나 교수를 위해서 따 드리는 것으로 하고, 친구들끼리(동참해 주는 교수가 있으면 그야 더욱 좋은 일이지만) 공동으로 학점 같은 것은 염두에도 두지 않고, 내가 누구를 앞지르려는 경쟁 의식 없이 진실을 추구하는 기막힌 학풍 속을 뛰어든 거야. 경쟁 교육의 생리를 말끔히 씻어 버린다는 게 우선 급선무일 거야. 느긋해지는 거지. 남이 빛나는 연구를 내놓는다고 열등감에 빠질 것도 없고, 내가 기발

한 착상을 얻었다고 해서 우쭐할 것도 없이 우리 공동의 문제를 공동으로 풀어가는 일만을 기뻐하는 것이 이제부터 군이 갖추어야 할 학문적인 자세인 거지.

경쟁 의식만으로 살아가는 세계는 외로운 닫힌 세계라구. 남이야 어찌되든 나만 입시에 합격하면 된다는 나만의 세계, 그 닫힌 세계는 부수어 버려야 해. 닫힌 나만의 세계의 문을 부수고 열린 세계에 나서는 거야. 요새 소련에서는 그걸 글라스노스트라고 하지. 적나라한 나를 만인의 눈앞에 거리낌 없이 노출시키는 거야. 그리고 남의 말에 어린애처럼 귀를 기울이는 거지. 인생은 이런 거다, 세계는 이런 거다, 역사는 이런 거다라고 부모와 선생에게서 들어 앵무새처럼 줄줄 외운 걸 탁탁 털어 버리는 거지.

이건 정말 두려운 일이라고 생각되지 않아? 나를 만인의 눈앞에 적나라하게 드러내 놓는다는 일도 두려운 일이고, 이것이 인생이라고 믿고 서 있던 자리를 스스로 무너뜨리는 일도 두려운 일이고, 이것이 인생의 전부라고 믿고 움켜잡고 있던 걸 내버리는 것도 두려운 일이지. 그러나 그 두려움을 이기고 자기를 열지 않고는 열린 이 세계를 호흡하는 길은 없다구.

이건 대학에 발을 들여놓은 오늘에 국한된 문제가 아니야. 죽기까지 우리는 그런 자세로 살아야 해. 그래야 늙지 않는 젊음으로 생을 관철할 수 있는 거거든. 그런 인생은 신나는 거야. 나의 성장은 모두의 성장이요, 나의 기쁨은 모두의 기쁨이 되는 거지. 나는 모두와 같이 성장하는 거구. 같이 성장하는 기쁨이 병들지 않은 건강한 기쁨인 거구.

군은 이미 그런 신선한 경험을 하면서 열린 세계를 숨 쉬는 선배들의 환영을 받을 거야. 그런 기대로 눈이 빛나는 동무들과 함께 선배들에게 합류하는 거지. 그리고 역사의 현장으로 열린 마음으로 다가서는 거라구. 두려움은 적게, 기대는 크게 가지고. 신선하고 생동하는 건강한 학풍이 튼튼히 자리 잡아 가는 오늘 한국의 대학에서 선배와 동기들과 다가서는 역사의 현장, 이게 또한 엄청난 거라구.

지금은 세계사가 환골탈태換骨奪胎* 하려고 몸부림하고 있는 때야. 인류 역사상 세계사가 한꺼번에 이렇듯 거대한 대전환에 부닥친 일이 일찍이 없었어. 이건 인류가 전무후무한 위기에 직면했다는 말이지. 인류 문명의 존재 양식이 총파탄에 직면했다는 말이지. 지금까지 문명의 발전은 대립과 경쟁의 산물이었는데, 이제부터는 그건 전 인류의 파멸이라는 게 누구의 눈에나 뚜렷하게 드러나고 말았어. 대립과 경쟁의 시대는 끝나려 하고 있어. 그 대신 모든 대립이 공존하는 평화의 시대의 문턱에 우리는 서 있는 거라구.

우리가 민족으로서 부닥친 문제도 바로 그것 아니겠어? 이 사회는 곳곳에서 대립과 경쟁으로 피투성이 싸움이 벌어지고 있어. 우리의 민주화 작업이란 바로 이 싸움을 다 같이 평화롭게 살아가는 세상으로 만들어 가는 일 아니겠어? 45년에 걸친 남과 북의 대결로 우리는 얼마나 많은 피를 보았어? 이 겨레의 에너지를 파괴적으로 소모해 가고. 이 대결을 창조적으로 극복하는 과제가 우리에게 지워져 있는 거라구. 그게 바로 통일 운동이지. 이것은 전 인류가 직면하고 있는 문제의 하나인 거구.

군은 지금 세계사적인 의미를 지닌 민족사의 온갖 소모적이요 파괴적인 대결을 극복하고 새 역사의 지평을 열어야 하는 과제 앞에 서 있는 거라구. 이것이 군이 교수들과 벗들과 함께 온몸을 던져 풀어내야 할 학문적인 과제인 거야. 이 거대한 과제 앞에서 '아, 어쩌다가 이런 벅찬 시대를 살게 되었나!' 하는 감격으로 가슴이 떨리지 않어? 잘해 보라구.

그런데 지금도 나는 빛을 본 경험이 없는 사람은 보는 것이 어떤 것인지 모른다는 사실을 아무리 상상해 보아도 모를 것만 같다. 그런 생각을 하다가 나는 문득 우리, 본다는 사람들이 본다는 것도 기실은 얼마나 제한된 것인가 하는 생각이 들었다. 우리가 본다는 것은 기껏해야 프리즘에서 분리되어 나오는 일곱 가지 색깔뿐이니 말이다. 자외선과 적외선 바깥의 빛깔을 보는 눈이 있는 존재가 어디엔가는 있을 것만 같다. 그런 존재가 있다면 그는 극히 제한된 빛깔밖에 모르는 인간의 세계를 알 수 있을까. 그런 눈에 비치는 우주는 얼마나 더 황홀한 것일까.이런 것은 나의 상상만은 아닐 것 같다.

제3부   촛불이 아무리 작아도

촛불이 아무리 작아도

나면서부터 장님인 어떤 아이가 아버지의 주머니에서 돈을 꺼냈다는 것이다. 돈이 어떤 것인지, 돈을 주면 무엇을 사 먹을 수 있다는 것쯤은 경험으로 쉽게 알 수 있었기 때문이었으리라. 그런데 "왜 돈을 꺼내지?" 하는 아버지의 목소리가 들려왔다. 그 아이는 소리 나는 쪽을 향해서 "아버지, 그걸 어떻게 알아?" 하고 반문했다는 것이다.

나는 이 이야기를 장님인 어떤 제자에게서 듣고 꽤나 놀랐다. 본다는 것이 어떤 것인지 애당초 모르는 아이의 내면 세계를 생각할 때 숨이 콱 막히는 것 같았다. 명주 실오리만큼한 빛도 들어가 본 일이 없는 완전한 어두움이란, 눈뜬 사람으로서는 이해할래야 이해할 길이 없다.

모든 불행한 사람들에게 희망의 상징이 된 헬렌 켈러는 어렸을 때에 수정처럼 반짝이는 샹들리에의 빛깔을 본 기억이 살아 있었다고 한다. 그래서 그는 보는 것이 어떤 것이냐는 것을 알 수 있었고 보는 사람들과 대화를 할 수 있었던 것일까.

그런데 지금도 나는 빛을 본 경험이 없는 사람은 보는 것이 어떤 것인지 모른다는 사실을 아무리 상상해 보아도 모를 것만 같다. 그런 생각을 하다가 나는 문득 우리, 본다는 사람들이 본다는 것도 기실 은 얼마나 제한된 것인가 하는 생각이 들었다. 우리가 본다는 것은 기껏 해야 프리즘에서 분리되어 나오는 일곱 가지 색깔뿐이니 말이다. 자외선과 적외선 바깥의 빛깔을 보는 눈이 있는 존재가 어디엔가는 있을 것만 같다. 그런 존재가 있다면 그는 극히 제한된 빛깔밖에 모르는 인간의 세계를 알 수 있을까. 그런 눈에 비치는 우주는 얼마나 더 황홀한 것일까.

이런 것은 나의 상상만은 아닐 것 같다. 그믐밤의 캄캄한 어둠 속을 대낮처럼 환히 볼 수 있는 고양이가 조금만 어둑어둑해도 더듬거리는 사람을 이해하기란 내가 그 소경 아이를 이해하기 어려운 만큼 어려운 것이 아닐까? 우리가 못 보는 어둠 속을 환히 보는 고양이가 있는 것으로 보아 자외선이나 적외선 바깥의 황홀한 빛깔을 보는 눈을 갖춘 존재가 없으리란 법은 없을 것만 같다.

똑같이 눈뜬 사람끼리도 매한가지로 그런 것이 아닐까. 내 아내는 굉장히 눈이 좋은데 나는 근시에다 난시까지를 좀 겸해 있다. 아내는 종이에다 잔글씨로 전화번호들을 적어 벽에 붙여 놓는 것이 편하다고 지금도 그렇게 하고 있다. 그런데 아내는 상당히 먼 데서도 그것을 잘 볼 수 있다. "그걸 어떻게 읽어?" 하면, 내 아내는 "왜 그걸 못 읽을까?" 하는 것이다.

지금부터 약 30년 전이다. 지금은 휴전선으로 막혀 있어 못 가는 금강산에서 나는 요양하고 있었다. 하루는 옥류동을 거쳐 구룡연으로 올라가느라고 비봉폭포 앞에 다다랐는데, 위에서 내려오던 어떤 중년 신사가 "여보게 젊은이, 어디로 가나?" 하고 묻는 것이 아닌가. 구룡연으로 간다고 했더니 대뜸 한다는 소리가 "돌아가, 돌아가. 구룡연이 유명하다기에 어떤 곳인가 하고 와 보았더니 별거 없어. 물이 절벽에서 떨어지는 것밖에 없네." 나는 "그래요?" 하고는 보는 눈의 차이지 하며 속으로 웃을 수밖에 없었다.

나는 얼마 전 프랑스의 명화들이 전시되어 있다고 해서 어느 일요일 오후 전시장에 가 보았다. 다들 좋다고 하니 좋은가 보다 하며 보기는 했지만 딱히 무엇이 왜 좋은지는 알 수 없었다. 나는 전시장 안에서 한 친구를 만났다. 그에게 솔직히 "무어가 무언지 잘 모르겠군요!" 했더니 그는 "그래요?" 하면서 딱한 표정을 짓는 것이 아닌가. 아뿔싸, 나는 그때 금강산에서 만난 중년 신사가 되고 저 친구가 그때의 내가 되었구나 하는 생각이 들어 내심 얼굴을 붉히고 돌아서 버렸다.

그리고 얼마 전 버스 안에서의 일이다. 웬 젊은 내외가 어린아이를 안고 내 맞은편에 앉았다. 아기는 엄마 젖을 빨던 즐거움을 잊지 못해서 프로이트가 말하는 리비도^{무의식적 욕망}인지는 모르지만, 오른손 엄지손가락을 빨려고 했다. 그런데 그 젊은 부부는 아기가 손을 입으로만 가져가면 그 손을 찰싹 때리고는 꼭 붙잡는다. 저 아기가 크면 불만과 좌절감 속에서 얼마나 불행하게 될 것인가 하는 생각이 자꾸만 치밀어서 미칠 것만 같았다. 어쩌면 저렇게도 제 속에서 나온 새끼의 심정을 보는 눈이 없을까, 정말 안타까웠다.

4·19 때의 일이다. 당시 모 장관의 아버지라는 분이 종로에 나와서 분개하더라는 것이다. 한국 민족이 일찍이 이렇게 잘살아 본 일이 없는데 어쩌자고 학생들이 야단이냐고 흥분하더라는 것이다. 어쩌면 그렇게도 못 볼까 싶었었다.

이승만 박사가 미국에 가서 거의 평생을 살고 민주주의를 몸으로 경험하고 왔을 텐데 어쩌면 그렇게 봉건적이었을까 하는 생각이 들다가 나는 빛을 본 일이 없는 아이의 생각이 떠올랐다. 일제 시대 군국주의 교육을 받은 우리 50대가 제대로 민주주의를 알 수 있을까 하는 생각이 들기만 하면 앞이 캄캄해진다.

소경이 소경을 인도하는 것이 아니라 소경이 눈뜬 사람을 인도하느라고 설치는 것은 아닐까. 남에게 실소를 자아내게 하는 꼴만은 보이지 말아야겠다고 속으로 다짐하곤 한다.

우리가 지금쯤 남북 통일의 관문이 아슴푸레하게나마 보이는 자리에 와 있다면 얼마나 좋을까. 그러나 우리 모든 사람의 마음을 어둡게 하는 것은 자유를 경험해 볼 기회가 전연 없었던 이북의 20대와 어떻게 마음이 통할 수 있을 것이냐는 걱정이다. 그러면서도 볼셰비키 혁명* 이후에 자란 러시아의 젊은 세대 속에서 자유의 기운이 막을 길 없이 솟아나고 있다는 소식을 듣고 보면, 헤게모니*를 잡은 층이 아무리 자유를 박살 내려고 해도 뜻대로 되지 않는 것이 사실이 아닐까? 들려오는 소식은 그렇다. 헬렌 켈러가 샹들리에의 빛을 기억하고 있었듯이, 이북의 젊은이들 기억 속에도 어느 순간에 도둑질해 본 자유의 빛이 살아 있는 것이 아닐까?

촛불이 아무리 작아도 방 하나 가득한 어둠을 몰아낼 수 있다는 것, 이 신념이 없으면 우리는 생을 깨끗이 포기하는 편이 나을 것이다. 그리고 사람은 누구나 이 빛을 보는 눈을 가지고 태어났다는 것, 완전한 장님은 그리 흔한 것이 아니라는 사실 때문에 우리는 희망을 놓지 않는다.

동주의 가을, 동주의 슬픔

1980년 가을 육군교도소에 있을 때였군요. 하느님마저 슬픔으로 보이기 시작한 것이. 동주*의 시 세계에서 넘쳐 나는 것이 슬픔이라는 걸 깨닫게 된 것도. 내 마음이 슬픔으로 차 있었기 때문에 동주의 시 세계도 그렇게 보인 것일까요? 아닙니다. 결코 그런 게 아닙니다. 그의 시집 두어 장을 넘겼더니 이런 구절이 나의 가슴을 때리는군요.

여기저기서 단풍잎 같은 슬픈 가을이 뚝뚝 떨어진다.

동주의 슬픔은 개인의 슬픔이 아니라 겨레의 슬픔이었군요. 흰 수건이 검은 머리를 두르고 흰 고무신이 거친 발에 걸린 족속, 흰 저고리 치마가 슬픈 몸집을 가리고 흰 띠로 가는 허리를 질끈 동인 슬픈 족속의 하나로 태어나 그 슬픈 운명을 짊어지고 살아가야 하는 마음이 슬픔이 아니라면 그는 시인이 아니었지요. 그에게 있어선 시인이란 '슬픈 천명天命'이었으니까요.

그의 나이 스물둘 아니면 셋이었을 때에 쓴 것으로 추정되는 「팔복」八輻은 온통 슬픔이군요. 마음이 가난한 사람도 온유한 사람도 타는 목마름으로 정의를 갈구하다 박해를 받는 사람도 자비를 베푸는 사람도 마음이 맑은 사람도 다 슬프기 때문에 행복하다는군요. 그리고 그 행복이 잠깐이 아니고 영원한 것이려면 슬픔도 영원할밖에 없다는군요.

영원한 슬픔, 그건 하느님일 수밖에 없는 거죠. 하느님이 영원한 슬픔으로 경험되면, 사람의 마음도 영원히 슬플 수밖에 없는 하느님의 마음이 된다는 거군요. 20대 초반에 이미 그의 마음에 짙게 배어들었던 슬픔이 40년이 지난 후에 겨우 나의 가슴에서도 번져 나왔군요. 동주가 망국의 슬픔에서 느꼈던 걸 나는 조국 분단의 슬픔에서 느꼈다는 데 차이가 있다면 있는 거구요.

한데 동주의 슬픔은 가을이라는군요. 우물 깊은 물에 비친 동주의 모습 뒤에 펼쳐진 하늘은 가을이었군요. 계절이 지나가는 그의 하늘에는 가을로 가득 차 있었구요. 지금 돌이켜 보면 붉게 물든 낙엽을 책갈피에 끼워 두던 그의 취미는 그냥 소녀다운 취미가 아니었군요. 그의 책갈피에 끼워진 가랑잎은 동주가 할 일을 다 마치고(다 못 마치고 갔지만) 죽는 날 아침에 서럽지도 않게 떨어질 인생이었거든요. 서럽지는 않아도 우주와 역사의 슬픔으로 짙게 물든 그의 시이기도 했던 거죠.

동주와 내가 같이 살던 북간도의 가을은 퍽이나 짧은 것이었습니다. 짧기로 말하면 봄도 매한가지였지요. 길고 긴 겨울이 지나고 봄이 왔다 싶으면 어느새 여름인 겁니다. 여름은 겨울같이 긴 건 아니지요. 여기서처럼 느긋이 뜸을 들여 가며 만물이 자라고 익을 겨를이 없습니다. 숨 돌릴 겨를도 없이 밤낮 정신없이 자라고 익어야 하니까요. 바쁜 여름이 지나고 가을이 왔다 하면 어느새 겨울이 들이닥치거든요. 그래서 가을은 여름보다도 더 바쁘지요. 곡식이나 남새*에 가을걷이하는 손길이 닿기도 전에 언제 서리가 내리고 눈이 쏟아질지 모르거든요. 그래서 가을은 짧기만 한 게 아니라 정신없이 바쁜 계절이지요.

동주나 내가 소학교 다닐 시절이었습니다. 추석인데 눈이 쏟아져서 축구 대회가 중단된 일이 있었던 것이. 이만하면 가을이 얼마나 정신없이 바쁜 계절이었느냐는 걸 알 수 있지요?

이렇듯 바쁜 계절이 동주에게는 슬픔이었군요. 시대를 슬퍼한 일이 없다면서도 그의 마음은 동생의 얼굴에서도 슬픔을 읽고 있었군요. 맑은 강물이 사랑처럼 흐르는데 거기 어린 순이의 얼굴도 슬픈 얼굴이었군요.

동생의 얼굴에서 번져 나오는 슬픔도, 순이의 얼굴을 적시는 슬픔도 동주의 슬픔이었지요. 나라 잃은 망국민의 슬픔이었지요. 그러나 그 슬픔은 긴긴 겨울이 지나고 찾아올 희망으로 얼룩진 눈물겨운 슬픔이었군요.

봄이 혈관 속에 시내처럼 흘러
돌, 돌, 시내 가차운* 언덕에
개나리, 진달래 노오란 배추꽃

삼동三冬*을 참아 온 나는
풀포기처럼 피어난다

겨울이 지나고 그의 별에도 봄이 오면 무덤 위에 파아란 잔디가 피어나듯이 그의 이름자 묻힌 용정동산 위에도 자랑처럼 풀이 무성할 걸 바라는 마음은 나만의 것은 아닐 테지.

동주와 같이 거닐던 동산 위를 찾아 그의 무덤 앞에 서는 날, 그의 무덤에 흙을 얹어 주고 잔디를 입혀 주면서 나는 울 것인가? 그의 비석을 쓸어안고 나는 흐르는 눈물을 닦아야 할 것만 같군요.

김수영의 「폭포」

나도 학생 시절엔 다른 학생들 못지않게 밤을 새워 가며 장편소설들을 읽곤 했다. 그런데 그 학생 생활이 끝나고 직업인이 되면서 장편소설 같은 것을 읽을 시간이 없어졌다. 그래도 어쩐지 문학의 세계를 아주 떠나는 것이 아쉬워서 단편물은 틈틈이 읽었다. 딱딱한 학문을 하는 사람들일수록 문인들의 예리한 인간 이해에 접한다는 것이 얼마나 값진 일이라는 것을 나는 학문을 전업으로 한 지난 20년 가까이 되는 동안 경험해 온 것이다.

그런데 나의 생활이 감당할 수 없이 바빠지면서 한 달 동안 단편 하나 차분히 읽지 못하는 몸이 되었다. 그래도 문학에 대한 미련을 아주 버리지 못해서 단편보다도 더 짧은 소위 시라는 것을 읽어 보았다.

그런데 그 시라는 것이 만만치 않아서 바쁜 시간에 소설 읽듯이 눈을 스쳐 가지고서는 통 무어가 무언지 알 수 없는 것이 아닌가? 그래서 내동댕이쳤다가는 다시 읽어 보곤 하는 동안에 나는 시의 세계를 조금씩 호흡하게 되었고, 시인들의 영감이 종교적인 영감과 많이 통하는 것을 느끼게 되었다. 그리고 히브리* 예언자들의 예언이 왜 시로 표현되지 않으면 안 되었느냐는 것도 깨닫게 된 셈이다. 뒤늦은 깨달음도 유분수라고나 할까. 종교적인 체험을 산문으로 설명할 수 있을지는 몰라도 그 감격을 생생하게 말로 전달하는 길은 시밖에 없다는 것을 깨닫게 된 셈이다.

그래서 나는 학생들에게 시를 많이 읽으라고 권하기에 이르렀다. 종교적인 감격을 가슴에서 가슴으로 전해야 하는 설교자는 시인이 되지는 못해도 시적인 세계를 조금은 호흡할 수 있어야 된다고 믿게 된 것이다. 깊은 심연*에서 울부짖는 넋의 외침이나 은총의 감격에 벅차서 아뢰는 감사의 기도가 조금은 시의 옷을 입는 것이 자연스럽지 않을까?

그러다가 어느샌지 모르게 꽤 열심히 시인들의 세계를 기웃거리고 있는 자신을 발견하고 나는 놀랐다. 10대, 20대의 민감한 나이에 시인 윤동주*와 같이 지내면서도 시는 나와는 아무 인연이 없는 것이라고만 생각했기에 더욱 놀랄밖에. 나는 50대 중턱에 올라서려는 나이에 시인들의 뒷모습을 멀리서 쳐다보면서 몹시 부러워했다. 그리고 젊은 시인들이 인생을 제대로 익히지도 못하고 생활고 끝에 쓰러지는 것을 보면 순수를 지키다가 죽은 순교자 앞에서 느끼는 부끄러움마저 느꼈다.

　시인이라는 천직이 저주스러우면서도 그것이 천직이기에 버리지 못하고 죽어 간 젊은 시인 가운데 김수영이 있다. 임중빈이 김수영 특집 『시인』 1970년 8월호에서 그를 '양심에 순교한' 시인이라고 한 구절을 읽으면서 나는 조금도 어색하게 느끼지 않았다. 나는 그의 「폭포」라는 시를 특히 좋아하고 있었고 거기에는 의연한 순교자의 기백이 살아 있는 것을 이미 느끼고 있었기 때문이다.

　여기 전문을 인용한다.

　폭포는 곧은 절벽을 무서운 기색도 없이 떨어진다.

　규정할 수 없는 물결이
　무엇을 향하여 떨어진다는 의미도 없이
　계절과 주야를 가리지 않고
　고매한 정신처럼 쉴 사이 없이 떨어진다.
　금잔화도 인가도 보이지 않는 밤이 되면
　폭포는 곧은 소리를 내며 떨어진다

　곧은 소리는 소리이다
　곧은 소리는 곧은

김수영의 「폭포」

소리를 부른다

번개와 같이 떨어지는 물방울은
취할 순간조차 마음에 주지 않고
나타瀨惰*와 안정을 뒤집어 놓은 듯이
높이도 폭도 없이
떨어진다

이것은 비교적 그의 초기 작품에 속한다(1956년). 그러나 이 시에는
이미 그의 시작의 몸가짐이 그대로 나타나 있다. 그래서 나는 적지 않
은 그의 시들 가운데서 이 시를 대표작처럼 마음속으로 뇌곤 한다. 그
는 「시여, 침을 뱉어라」는 글에서 이런 말을 했다고 한다.

"시작詩作은 '머리'로 하는 것이 아니고 '심장'으로 하는 것도 아니
고 '몸'으로 하는 것이다. '온몸'으로 밀고 나가는 것이다. 정확하게
말하면 온몸으로 동시에 밀고 나가는 것이다."

「폭포」에는 온몸으로 동시에 밀고 나가는 그의 시작 태도가 너무
나 똑똑히 나타나 있다. 이렇듯 엄숙한 자세로 시를 쓴 시인 김수영
을 나는 한 번도 본 일이 없다. 그의 몇 편 유고와 함께 『현대문학』
1968년 8월호에 실린 그의 실루엣을 보고 어쩐지 오래 사귄 구면인
것 같았다. 미켈란젤로의 얼굴, 모세*의 얼굴에서 감도는 준엄한 면모

가 그의 얼굴에 있었다. 그러나 그 준엄함은 자기 자신에 대한 준엄함이었다. 자신의 시에 침을 뱉으며 얼굴을 홱 돌린 사람의 얼굴이었다.

나는 시인도 아니요 시 평론가도 아니다. 그렇기 때문에 이 시가 얼마나 좋은 시인지, 좋으면 왜 좋은지, 정말 좋은 시인지 나는 모른다. 나는 다만 이 시에 나타나 있는 직선적인 점이 좋다. "곧은 소리는 소리이다." 이 구절에 나타나 있는 억센 감정은 시로 형상화시키면 우스울 것만 같다. 시가 될 수 없는 것 같은 직선적인 구절이 이 시 속에서는 하나도 어색하지 않으니 말이다.

  ××는 곧은 절벽을 무서운 기색도 없이 떨어진다

나는 이 첫 구절이 어떻게 시가 될 수 있는지를 모른다. 곧은 절벽을 무서운 기색도 없이 떨어질 수 있는 ××는 정신병자밖에 없지 않는가? 그런데 김수영은 번개와 같이 떨어지는 물방울처럼 맑은 정신으로 역사의 절벽을 떨어진다. 삶이 이렇듯 엄숙한 것이기에 그는 취할 순간조차 없이 떨어진 것이다.

뼛속까지 저려 오는 차가움을 지닌 채 하얗게 부서지는 맑은 물방울 하나, 김수영에게 장미꽃밭의 낭만 같은 것이 아랑곳이나 하냔 말이다. 그래서 그는 「도취의 피안」에서 이렇게 읊조린다.

김수영의 「폭포」

나의 눈이랑 한층 더 맑게 하여 다우

짐승이여 짐승이여 날짐승이여

도취의 피안에서 날아온 무수한 날짐승들이여

　역시 그에게 있어서 시란 심장으로만 쓰는 것이 아니었다. 그의 인생, 그의 시는 머리로만 하는 것이 아니었다. 도대체 곧은 절벽을 무서운 기색도 없이 떨어지는 사람의 정신이 이성적이리라고 기대하는 사람이 미친 놈이다. 규정 없이 떨어지는 물결이, 삶의 뜻을 이리저리 기웃거리며 찾아보고, 이리 재고 저리 재고, 이 저울에 올려놓고 달아보고 저 저울에 올려놓고 달아보는 이성에 침을 뱉는다. 더군다나 계절과 주야를 가리는 사람 따위랴. 금잔화의 아름다운 낭만과 인간의 행복한 안정이 어둠 속에 묻히고 난 다음에야 김수영의 곧은 폭포 소리가 들려올 것이다. 나태와 안정으로 고이 잠든 대지를 쿵쿵 울리며 이 산 저 산에 곧은 소리를 불러일으킬 것이다.

　아, 머리만도 아니요, 심장만도 아니요, 푸른 물방울의 순수로 온몸을 던져 하얗게 부서지는 데 김수영의 인생이 있었다니, 그 앞에 머리를 숙일밖에 없다. 그리고 그의 곧은 소리가 이 대지를 울려서 이 민족의 역사가 그대로 김수영의 멋진 폭포 소리가 되기를 빌 것밖에 없다.

4월 혁명의 느낌 몇 토막

민족혼의 양식

눈물겨운 일이요 자랑스러운 일이다. 비겁하고 졸렬하고, 의기도 정열도 없고, 정의감도 이상도 신념도 없이 현실과 타협해 버리는 못난 후배들을 탄식하던 기성층이 오히려 그들 앞에서 자책감을 느끼게 되었으니 말이다. 이 땅의 젊은이들은 참으로 훌륭하였다. 씩씩하고 늠름하고 과감하였다. 그 격분한 감정의 소용돌이 속에서도 이성을 잃지 않았고, 학우들을 쏘아 죽인 경찰에 대해서도 너그러웠다. 그들에게 있어서는 민족이 눈물겹도록 귀했고 민주주의가 안타까이도 소중했던 것이다. 사무친 민족의 염원을 과감하게 성취해 놓고도 그들은 너무 찬양을 하지 말아 달라고 부탁하리만치 셈이 들어 있기에 다시 한번 찬양해 보고 싶은 것이다.

　아무리 큰일을 했기로서니 그들의 행동에는 지나친 데가 있지 않느냐고 말하는 이들이 간혹 있다. 그러나 내가 아는 한 영국인의 눈에 그들은 놀라우리만치 이성을 잃지 않았고, 그들의 데모는 질서정연한 것이었다. 그는 이렇게 말한다. "런던에서 그런 학생들의 데모가 있었다면 거리의 상점 유리창들이 하나도 남지 않았을 것이다!" 그리고 그는 나에게 반문한다. "어쩌면 그렇게도 복수심 없이 행동할 수 있었겠느냐?" 그는 부상당한 경찰관들을 병원으로 떠메고 온 사람들이 대학생들이었다는 이야기를 듣고는 "Unbelievable!(믿을 수 없는 일이다)"을 연발하고 있었다.

경찰관을 포위하고 때리는 어린 동생들을 타이르면서 그를 살려준 대학생들의 너그러움은 어디서 온 것일까? 그것은 결코 조작일 수는 없다. 나는 서울대학교 수리과(수학물리과) 3학년 김치호 군의 미담을 그에게 들려주었다. 김 군은 가장 위급한 부상자여서 우선적으로 치료를 받을 수 있었으나, 그는 아우성을 치는 고등학생들의 소리를 들으면서 먼저 수술대 위에 오를 수는 없었다. "저 아우들을 먼저 치료해 주십시오." 이 말이 그가 남긴 마지막 말이었다. 이런 미담들은 두고두고 우리 민족혼의 양식이 될 것이다. 그들은 우리 그리스도 인들이 말로만 하던 것을 몸으로 행한 것이다.

새 하늘 새 땅

4월 26일, 나는 몇몇 벗들과 함께 흥분의 도가니로 화해 버린 서울의 거리를 걷고 있었다. 창경원 앞에서였다. 혼자 중얼거리는 소리가 뒤에서 나기에 나는 뒤를 돌아보았다. 그 소리는 허름한 옷을 입은 한 노동자의 소리였다. 그는 혼자서 연방 "다들 이렇게 친절해야지!"를 읊조리고 있었다. 그의 가슴에 벅차오르는 감격은 그에게 새 세계를 열어 보여 준 것이리라. 피비린내 나는 생존 경쟁 마당에서 모든 사람의 착취[*]와 압박의 대상으로 천애[*] 고아처럼 자신을 외롭게 느꼈을 것이다. 이제 그는 갑자기 모든 사람이 원수가 아니라 친절한 벗이요 형제인 것을 깨달은 것이다. 그는 학생들이 자기를 위해서 피를 흘려 준 것이라고 느꼈을 것이다. "나를 위해서, 서로서로를 위해서 피를 흘리다니!" 이 감격을 그는 그렇게 표현했을 것이다. 그는 새 땅에 서서 새 하늘을 바라보고 있는 것이리라.

전일 나는 버스 안에서 서울대학교 학생들이 소곤거리는 이야기를 듣고, 또 하나의 새 세계를 발견하고 기뻤다. 그들의 이야기는 대충 이런 것이었다.

지금까지는 정의나 진리를 말하는 사람은 위선자였으나 이제 그렇지 않게 되었다는 것이다. 진리를 위한 진리가 아니고, 불순한 목적을 위해서 진리가 굽혀지고 비뚤어지는 것이 그들은 못내 서글펐던 것이다. 그리고 사회 정의라는 미명[*] 아래서 행해지는 갖은 불의에 감겨지지 않는 양심의 눈을 감을 수밖에 없는 자신들이 그지없이 가여웠을 것이다. 이제 그들은 새 세계에 발을 들여놓는다. 그들의 세계에서는 진리와 정의가 제자리를 다시 찾고 본연의 모습을 회복한 것이다. 이제 그들은 정의의 새 땅에 굳게 서서 진리의 새 하늘을 쳐다보는 것이다. 불의와 거짓이 다시 침투해 들어오지 않고 역공세를 취하지 않으리라고 믿으리만치 어리숙한 사람은 하나도 없다. 그러나 이 땅의 젊은이들이 진리와 정의에 대한 신뢰를 회복하고 그 편에 서게 되었고 그것을 그들의 인생관과 세계관의 두 기둥으로 삼았다는 것만은 틀림없는 사실이다.

우리 앞에 열린 이 새 하늘과 새 땅을 바라보면서 우리는 엑스터시와도 같은 흥분에 사로잡힌다. 우리 몸에 스며들어 오는 맑고 신선한 공기에 우리는 도취한다. 새 하늘에서 비춰 오는 밝은 햇빛에 우리는 일종의 현기를 느낀다.

그러나! 우리는 이 '그러나'를 말하지 않을 수 없는 것이 서럽다. 이 민족은 하느님이 계시지 않는 새 하늘을 즐기고, 그리스도가 안 계시는 새 땅을 꿈꾸고 있다. 그러나 우리는 이 '그러나'를 우리 자신에게 먼저 던져야 한다. 왜냐하면 우리의 하늘에서 하느님을 추방하고, 우리의 땅에서 그리스도를 축출한 것이 다름 아닌 우리들 자신이기 때문이다. 우리의 하늘이 점점 캄캄해 오고 우리의 땅이 숨막히게 답답하고 갈피를 잡을 수 없이 혼란하게 되어 온 까닭은 하느님과 그리스도를 우리의 세계에서 쫓아냈기 때문이 아니고 무엇이겠는가?

이제 이 민족은 콩으로 메주를 쏜대도 우리의 말은 곧이듣지 않게 되었으니, 하느님과 그리스도가 없는 새 하늘과 새 땅은 옛 하늘과 옛 땅의 연장에 지나지 않는다는 것을 어떻게 믿게 할 것인가? 그 유일의 길은 실제로 보이는 것이다. 하느님이 계시는 하늘만이 언제나 새롭고, 그리스도가 계시는 땅만이 언제나 낡아지지 않는다는 것을 그들의 눈앞에 보이는 길밖에 다른 길은 없을 것 같다.

감옥에서 깨달은 생명에 대한 외경

"그만큼 징역을 살았으니 꽤 많이 읽으셨지요?"

이렇게 묻고 싶은 거지요? 많이 읽었지요. 그런데 뭐 기억에 남는 게 있어야지요. 그래서 그런지 차츰 책 읽는 일이 시큰둥해집디다.

그런데 요즘 들어서 좀 생각이 달라졌습니다. 읽고 잊고, 읽고 잊으면서도 읽는 일은 여전히 좋은 일이라는 생각이 들더군요. 잊혀진다는 것은 읽은 것이 잠재의식 속으로 두엄처럼 녹아들면서 나의 세계를 풍성하게 만들 수도 있거든요. 기억력이야 내 말보다는 남의 말을 더 많이 정확하게 인용해야 하는 학자에겐 기본적인 조건이지만, 학자가 못 되는 사람으로서는 기억력이 없다는 것은 장점도 될 수 있다 그 말입니다.

내가 아무리 기억력이 없다고 해도 머리에 남아 있는 책이 없지 않아 더러 있긴 합니다. 몇 권 안 되지만, 그 책들은 나의 인생 역정의 고

빗길에 서 있는 이정표와도 같은 것인데 그쯤이야 기억 못하겠습니까?

그런 책 가운데 하나가 도스토예프스키*의 『죽음의 집의 기록』*입니다. 1976년 초짜로 감옥에 들어갔을 때였죠. 그때까지 읽은 책들 가운데 유독 그 책을 다시 읽어 보고 싶어졌던 겁니다. 학생 시절 내가 깊이 빠졌던 도스토예프스키의 세계를 내 눈앞에 활짝 열어 준 책이 바로 그 책이었거든요.

그는 젊어서 시베리아로 끌려가서 7년 동안 강제 노동을 하지요. 죽음의 고비를 수도 없이 넘기면서, 남의 죽음을 수도 없이 목격하면서 느끼고 깨친 것이 예민한 작가의 가슴을 거쳐 나온 것이었으니 구구절절 나의 젊은 감성을 파고들지 않을 리 없었던 거죠.

거기서 스며 나오는 것은 슬라브적인 끈질긴 생명력이었죠. 나는 거기서 기독교적인 생명 사랑을 강렬하게 느끼는 것이었구요. 그것은 나에게 사건과도 같은 경험이었습니다. 갇힌 자로서 그가 겪었던 것을 그때 나는 자유인으로서 추체험*했다고나 할는지요. 이번에 그걸 갇힌 자로서 같이 경험해 보고 싶었던 거죠.

갇힌 자의 경험을 갇힌 자로서 경험한다는 것은 퍽이나 다른 것이었습니다. 그것은 이미 추체험이라기보다는 그 책을 촉매로 터져 나온 나 자신의 경험이었다고 해야 할 것 같군요.

그 책 마지막 장 '자유'를 읽던 나는 온몸으로 울고 있었으니까요. 7년에 걸친 강제 노동에서 풀려나 자유의 몸이 되던 때를 회상하며 쓰는 그의 필치는 담담한 것이었지만 그것을 읽던 나는 흑흑 흐느끼고 있었던 겁니다. 갇힌 지 석 달도 되기 전이었을 텐데, 나의 온몸은 자유를 그리도 뜨겁게 울부짖고 있었던 거죠. 생명 사랑과 자유가 절절하게 하나인 것을 깨치는 사건이었던 겁니다.

또 한 사람 바울˙이라는 갇힌 자의 경험이 알고 싶어졌습니다. 그래서 그가 감옥에서 쓴 빌립보서˙를 읽기 시작했지요. 날마다 한 번씩 반년이나 읽었는데도 별로 가슴에 닿아 오는 것이 없더군요. 그러던 어느 날 새벽이었죠. 내가 목회하던 한빛교회 젊은 부부들 모임에 가 앉아 있는 꿈을 꾸게 되었습니다. 여전도사가 "밥 먹기 전에 목사님 한 말씀 해주시죠"라며 나를 쳐다보는 것이었어요. "난 입때여태 감옥에서 있었는데 별로 할 말이 없어" 하고 생각하니 할 말이 생각났습니다.

그래서 "그래, 할 말이 있어. 난 감옥에서 바울이 무얼 느꼈는지 그 심정이 알고 싶어 빌립보서를 날마다 한 번씩 읽는데, 갇힌 사람 바울이 바깥에 있는 자유인들에게 기뻐하라고 하고 있거든. 신앙의 궁극적인 경지는 기쁨인 거야." 그 말을 하고 눈을 뜨니 동녘 비닐 창이 허옇게 동터 오고 있었습니다.

옆에 놓여 있는 성경을 펴서 빌립보서를 천천히 세 번을 읽으면서 처음으로 기쁨이 무엇이냐는 걸 온몸으로 느끼게 된 겁니다. 쏟아지는 눈물이던 온몸으로 말입니다.

"그렇지, 복음이란 기쁜 소식인 거지."

그러나 이 기쁨은 오래가지 않고 깨어지더군요. 소지들이 밥을 나르는 소리에. 그 소리에 일어나 밖을 내다보았더니, 거기는 웃음을 앗긴 얼굴들이 나를 바라보고 있었던 겁니다.

"민주화 운동도 통일 운동도 저 얼굴들에서 웃음을 앗아 간 검은 손을 물리치고, 웃음을 저 얼굴들에 돌려주는 일에서 시작되어 그 일로 끝나야 하는 거구나. 복음의 실천은 바로 그 일이구나."

이것을 깨닫는다는 일이 어찌 작은 사건이겠습니까.

1980년 육군교도소에 있을 때의 일입니다. 감옥에서 풀려나지 못하고 죽어 간 나의 벗 윤동주*의 시들을 새삼 다시 읽어 보고 싶어진 겁니다. 그의 시집은 성경 다음으로 많이 읽은 책인데도, 육군교도소에서 비로소 그의 시 한 편 한 편이 눈물 범벅인 슬픔이라는 걸 깨닫게 되거든요. 나는 그의 하느님이자 나의 하느님을 '슬픔'이라고 부르게 됩니다. 세상에 불행한 사람 하나라도 있는 한 하느님은 기쁘실 수 없다는 걸 깨닫게 되거든요. 1976년 서울구치소에서 만났던 웃음을 앗긴 얼굴들이 하느님의 얼굴이라는 걸 깨닫게 되는 것이었죠. 이렇게 해서 역설적으로 생명의 본질, 우주의 본질은 기쁨이라는 걸 다시 확인하게 되었던 겁니다. 이 무지무지한 슬픔은 저 흐드러진 꽃밭으로 전개될 기쁨의 비나리*라는 걸 깨닫게 되었다 그 말입니다.

우리가 민족으로서 추구해야 할 평화가 생명 사랑이요, 만인의 자유요, 기쁨의 완성이라는 걸 깨달은 것은 공주교도소에 있을 때의 일입니다. 누가복음* 2장, 예수의 탄생 기사를 읽다가 섬광처럼 깨달은 거죠.

"하늘엔 영광, 땅엔 평화"라는 구절을 70년 가까이 읽어 왔는데 그제야 그걸 깨달았다니.

세상에는 한 장도 안 읽고 그 책을 다 읽었다고 생각하고 덮어 놓을 수 있는 책도 있더군요. 감옥과는 별 관계가 없는 책입니다마는, 그게 불교의 『반야경』*이라는 책이었습니다. 그 책은 한 장도 아니고 한 쪽도 다 읽을 필요가 없었거든요.

공즉시색空卽是色*이요 색즉시공色卽是空*. 이 말이 그윽한 여음으로 나의 넋에 울려 퍼지는 것이었습니다. 나는 그 말의 뜻을 나 스스로 깨닫고 싶어졌던 겁니다. 나는 아직도 『반야경』을 다시 펼쳐 읽지 않고 있습니다.

앞으로 얼마나 더 깊이 그 뜻을 깨달을지 나는 모릅니다. 지금까지 깨달은 걸 이야기한다면, 그 공空은 철학적이기 전에 그냥 '무욕'無慾이라고 생각하면 된다는 겁니다. 가슴에서 온갖 욕심을 비워야 모든 것, 모든 일이 제대로 보인다 그 말이죠. 이에서 넘어가는 것은 어쩌면 철학적인 욕심이 되는 것이 아닐까 싶어서 나는 여기 멎어 있고 싶습니다.

공은 무욕이라는 것을 깨닫는 것과 공이 되고 무욕이 되는 것은 두 다른 일이죠. 그러나 깨달음은 인생의 새 출발점에 지나지 않는다고 해야 하지 않을까요?

상고이유서
−문익환은 어떤 사람인가 1990. 2. 10.

좀 쑥스럽지만 저 자신에 관한 이야기를 쓰는 것을 너그럽게 보아 주시기 바랍니다. 이렇게 엄청난 물의를 일으켰기 때문에 이런 물의를 일으킨 사람이 어떤 사람이냐는 것을 말하는 것은 빠뜨릴 수 없는 순서인 것 같습니다.

　문씨의 본관은 전라남도 남평입니다. 저의 뿌리가 남쪽에 있다는 걸 말합니다. 그런데 제 아버님은 두만강가 종성에서 태어나셨고 어머님은 회령에서 태어나셨으니 제 뿌리가 북쪽에도 있는 셈입니다. 그리고 제가 태어난 곳은 두만강 저쪽 북간도입니다. 고구려·발해의 넋이 가는 곳곳에 스며 있는 곳입니다. 우리의 옛 강토를 못난 조상들 때문에 잃어버리고 중국 사람들에게 푸대접을 받으면서 신라의 삼국통일에 분루*를 삼키면서 자랐습니다. 우리의 국경을 압록강·두만강으로 끌어내린 김부식*을 원망하며 살았습니다. 국경을 또다시 휴전선으로 끌어내리고 이것을 조국이라고 생각하고 국토 수호에 열을 올리는 것을 저는 이해할 수 없는 사람입니다.

저는 거기서 민족주의에 접목接木된 기독교 신앙으로 잔뼈가 굵어 졌습니다. 동시에 연해주에서 불어 들어오는 사회주의의 바람도 맞아야 했습니다. 민족주의와 사회주의가 맞부딪쳐 소용돌이치는 곳이 바로 제가 자라난 북간도라는 고장일 것입니다.

저의 생애에 세 번 민족주의가 사회주의에 밀리는 걸 경험했습니다. 그 첫번째는 제가 소학교 6학년 때의 일입니다. 기독교 신앙과 민족애가 혼연일체가 되어서 세워진 학교 졸업반 때, 그 학교는 마침내 사회주의자들의 공격 앞에 무너집니다. 그것은 정말 비통한 경험이었습니다.

두번째는 용정에 세워진 기독교 학교인 은진중학교 3학년 때 학생들 사이에 팽팽한 대결이 생겼습니다. 기독교 신앙을 지닌 학생들과 사회주의 사상을 지닌 학생들의 대결이었습니다. 4학년이 되면서 평양 숭실중학교에 전학을 나왔으니, 제가 그 대결에서 물러선 셈입니다.

세번째는 제2차 세계대전 후에 온 가족이 밀려서 남으로 내려온 일이었습니다. 저의 가족으로서는 엄청난 수난을 겪은 후의 후퇴였습니다. 해방 직전 일본 사람들의 예비 검거에 걸려서 죽을 뻔하셨던 아버님이 해방 후에는 북간도 공산당들에게 체포되어 또다시 죽음의 골짜기를 헤매시고 두번째는 소련군에 체포되어 시베리아로 끌려갈 뻔하다가 호랑이 굴에서 살아나듯 하시고서도 아버님은 후퇴할 생각이 없으셨습니다. 교인들의 강권強勸*을 뿌리칠 길 없어 후퇴하신 셈입니다. 저의 경우도 마찬가집니다. 저는 그런 박해는 안 받았지만.

여기까지 쓰고 보니까 6·25 때 또 한 번 후퇴가 있었다는 걸 말해야겠습니다. 1949년 1월이었습니다. 애치슨*이 한반도를 태평양 방위 전선에서 제외한다고 발표한 것이. 저의 기독교인 젊은 친구들이 모여서 밤을 새워 가며 우리의 앞날에 대해 논의를 거듭했습니다. 미국이 한반도를 공산치하에 넘겨준다는 것인데, 우리는 어떻게 공산치하에서 살아갈 것이냐는 것이 토론의 내용이었습니다. 이번에는 미국으로 유학감으로써 또다시 사회주의와 대결하지 않고 후퇴를 하는 것입니다.

그리하여 6·25를 저는 미국에서 맞이하게 됩니다. 저는 유엔군의 승리를 진심으로 빌었습니다. 그것은 민주주의로 조국이 통일되기를 비는 마음이었습니다. 한국전쟁 중 4년 동안 저는 유엔군 군속*으로 민주주의의 승리를 빌면서 복무하다가 휴전이라는 또 하나의 좌절을 경험합니다.

이 좌절의 늪에서 저를 건져 준 것은 4·19에서 폭발한 민족의 힘이었습니다. 그 힘이 독재를 무너뜨리자 통일을 외치는 목소리가 되어 온 강산을 울리는 걸 발견했습니다.

"오라 백두에서, 가자 한라에서, 만나자 판문점에서."

이 외침은 민족 문제의 해결은 이쪽에선 가고 저쪽에서는 오다가 만나는 중간 지점에서 발견될 것이라는 걸 깨우쳐 주었습니다. 만나도 무기를 가지고 만나는 것이 아니라 주고받는 말을 가지고 만나야 한다는 것도 깨우쳐 주었습니다.

그 학생들의 외침도 잠깐이었습니다. 바로 몇 해 전까지 피투성이가 되어 맞붙어 싸우던 군인들에게 학생들의 통일 운동은 위험하기 그지없는 불장난으로 보였던 겁니다. 통일의 외침은 선건설의 망치 소리에 묻혀 버리고 말았습니다.

그리하여 시작된 침묵이 10년 만에 깨어집니다. 그게 바로 전 국민을 들뜨게 했던 7·4 남북공동성명*이었습니다. "오라 백두에서, 가자 한라에서"라는 학생들의 외침을 잠재운 정부가 비밀로나마 갔다는 게 그리도 좋았습니다. 그 답례로 북에서 박성철* 씨가 왔다 가고, 적십자 대표들은 공개로 시민들의 뜨거운 환영을 받으며 오고 갔던 것 아닙니까? 곧 통일이 오는 것 같았습니다.

그리고 그 7·4 남북공동성명이라는 것이 그렇게 국민들의 마음에 들었던 겁니다. 외세의 간섭을 배제한 자주적인 통일, 무기를 사용하지 않는 평화적인 통일, 사상과 이념과 제도를 초월한 민족 대동 단결의 원칙, 이상의 통일 3대 원칙은 통일 운동사에서 길이 지워질 수 없는 이정표가 되어 있는 것입니다.

그 감격도 일 년을 채우지 못하고 국민을 좌절과 환멸로 몰아넣습니다. 1973년 6월 23일 북쪽에서는 연방제 통일을 다시 들고 나왔고, 남쪽은 유엔 동시 가입을 주장하기에 이르렀던 것입니다. 남과 북의 지배층은 동상이몽同床異夢을 꿈꾸고 있었다는 것이 드러난 것입니다. 관官 주도의 통일 작업이 얼마나 믿을 것이 못 되느냐는 걸 백일하에 드러내는 일이었습니다. 체제·정권·이권의 유지라는 최우선의 과제를 안고 있는 권력층은 통일이라는 민족사의 지상 과제마저 정략적으로 이용하고 있기 때문에, 통일 문제를 관에만 맡겨 둘 수 없다는 것이 의심할 나위 없이 드러나고 말았습니다.

드디어 유신 시대가 시작됩니다. 통일뿐 아니라 민주·자유·정의·평등을 주장하는 모든 민民의 목소리를 잠재우는 방성구防聲具가 바로 유신체제였던 것입니다. 통일이라는 민족사의 지상 과제마저 뒷전으로 밀어내고, 그보다 우선해서 지켜야 할 인권이 없는 민이 나서야 분단의 장벽을 허물 수 있겠다는 것이 제 눈에 너무 뚜렷이 보였던 것입니다.

이 민족 정신은 유신체제라는 방성구를 물려 놓는다고 기가 죽어 있을 만큼 나약한 것이 아니었습니다. 통일 운동의 자유를 외치는 목소리가 또렷하게 울려 퍼지기 시작했습니다. 그것이 바로 장준하의 목소리였습니다. 그리고 그것은 관의 목소리를 압도하는 민의 목소리였습니다. 그의 목소리는 되살아난 백범의 목소리였습니다. 백범은 민이라도 밑바닥 민을 의미하는 김구 선생님의 아호라는 걸 모르는 사람이 없을 겁니다.

1975년 8월 17일 장준하의 목소리는 깊은 산골짜기에서 영원히 다시 들을 수 없이 잠들고 맙니다. 저는 그의 시신을 땅속에 내리면서 제가 백범, 장준하의 목소리가 되기로 결심하게 됩니다. 그리하여 내게 된 그의 첫 목소리가 1976년 3월 1일 이우정* 선생님의 떨리는 목소리로 낭독된 3·1 민주구국선언*이었습니다.

그 내용은 앞에서도 밝힌 바 있습니다마는, 통일을 지향하는 정치적·경제적 민주화를 요구하는 것이었습니다. 통일과 민주는 분리되는 게 아니라는 것이 저의 소신입니다. 민주만이 갈라진 겨레를 하나로 통일해 가는 힘이요, 그 과정입니다. 이 민족은 휴전선을 사이에 두고 남북으로 갈라져 있는 것만이 아닙니다. 우리는 남자와 여자로, 도시민과 농민으로, 고용주와 피고용자로 등등 사회학적으로 분열되어 있습니다. 그것을 크게 보아서 지배자와 피지배자로 갈라져 있다고 하겠습니다. 이 사회의 주종 관계를 일소*하는 일을 민주화 작업이라고 한다면, 그것이 그대로 지배자—피지배자로 분열되어 있는 민족을 통일하는 일입니다.

이런 확신에 서 있는 사람이 민주주의를 생략한 통일지상론자가 될 수 있겠습니까? 민주가 그대로 통일인데, 민주 없는 통일이 어디 있으며 통일 없는 민주가 어디 있겠습니까? 대한민국의 4천만이 넘는 국민이 모두 진정한 민주적인 주권자가 되어 역사의 주체가 되는 날,

이 남북으로 갈라져 있는 7천만 겨레의 지리적인 통일은 손바닥 뒤집기와도 같습니다. 민족 통일의 다음 단계는 7천만 겨레가 다 주인이 되는 민주화 작업이라고 해야 할 것입니다. 이 같은 통일 철학의 기조*가 이미 3·1 민주구국선언에 나타나 있습니다. 이렇게 말할 수 있는 것은 그 선언문이 제가 쓴 것이기 때문입니다.

역대 정부는 저의 목소리를 막아 보려고 다섯 번이나 징역을 살렸지만 통일의 목소리는 이미 온 강산을 울리는 온 겨레의 목소리가 되었습니다. 작년에 KBS가 서울대학교 사회학과에 위촉해서 조사한 의식 조사 통계를 보면 통일이 가능하다고 믿는 국민이 16%(1986년)밖에 안 되던 것이 1989년이 되면 52%로 급상승을 합니다. 이것은 박 정권, 전 정권이 얼마나 철저한 반통일 교육을 치밀하게 해왔느냐는 걸 말합니다. 4·19 민주 혁명과 함께 통일 조국의 문이 삐걱 열리는 걸 볼 수 있게 되었던 것입니다.

통일의 문을 열기 위해서 관도 가야지만 관에만 맡겨 두었더니 부지하세월*이라 민도 가야 한다고 생각하고 있었는데, 그게 저 자신이 되고 말았습니다. 김구 선생이 가셨던 길, 뜻을 이루지 못하고 분루를 삼키면서 되돌아오셨던 길, 그 길을 누군가 가야 하는데, 이번엔 실패하지 않고 뜻을 이루고 돌아와야 하는데, 그 길을 누군가 가야 하는데, 장준하 씨가 살아 있었더라면 저는 당연히 그에게 그 길을 가라고 권했을 겁니다. 장준하의 대타로 나선 제가 그 길을 가는 것은 어쩌면 역사적인 숙명이었는지도 모르겠습니다.

1975년이 저에게 안겨 준 충격은 장준하의 죽음만이 아니었습니다. 월남의 패망은 또 하나 커다란 충격이었습니다. 어차피 독재 밑에서 살 바에는 몇 사람만 부자로 만들어 주는 독재보다야 프롤레타리아의 독재* 쪽이 낫지 않겠느냐는 판단을 내리고 전 국민이 티우* 독재 정권에 등을 돌리니까 세계 최강을 자랑하는 미국의 육·해·공군도 손을 들고 물러설 수밖에 없는 것 아닙니까?

이 땅에서도 독재가 오래 계속되면 우리 국민도 월남 국민과 같은 선택을 하지 않으리라는 보증이 없지 않겠느냐는 데 생각이 미치자, 그대로 앉아 있을 수 없는 심정이 되었던 것입니다. 월남에서도 그랬지만 이 나라에서도 민주화를 가로막는 장벽이 분단이었습니다. 분단이 남과 북에 독재의 구실과 명분을 마련해 주는 것이었습니다. 따라서 민주화 운동과 통일 운동은 한 운동의 두 면인 것입니다. 원리론으로도 민주와 통일은 하나이지만 실제 운동으로서도 하나일 수밖에 없습니다.

장준하의 죽음과 월남 공산 통일의 충격이 저에게 3·1 민주구국 선언을 기초*하게 하였습니다. 그 이후로 저는 민주와 통일 운동에 서게 되었고, 이번 평양으로까지 가게 되었던 것입니다.

사랑이 없으면, 우리는 아무도 믿을 수가 없어요. 아무도 믿을 수 없으면서 어떻게 살아갈 수 있어요? 어떻게 이 사회가 설 수 있어요? 안 되지요. 그러니 사랑이 없으면 아무것도 안 된다는 걸 믿기 때문입니다. 따라서 사랑이 없으면 세상이 깜깜해진다는 걸, 아무 희망도 없다는 걸 믿기 때문입니다. 사랑이 없으니 사랑이라는 두 글자만이라도 노래하지 않고는 한순간도 살 수 없다는 걸 믿기 때문입니다. 위장된 사랑, 역겹고 매스꺼운 위선이라도 좋으니 사랑이라는 사상이라도 붙잡고 늘어지지 않고는 하루도 견딜 수 없다는 걸 믿기 때문입니다. 사랑만이 우리를 절망에서, 파멸에서 구할 수 있다는 걸 믿기 때문입니다.

제4부   사랑은 어디서 옵니까

새 희망의 문

희망은 서로 사랑하고 믿는 데 있습니다. 서로 사랑하고 믿는 사이에서 희망이 솟아나는 것입니다. 그래서 사도 바울은 "믿음과 희망과 사랑, 이 셋은 끝없이 있을 것"이라고 말했습니다. 적극적인 긍정입니다. 생의 긍정입니다. 사람은 살 보람이 있다는 것입니다. 땀을 흘릴 만하다는 것입니다. 고민할 보람이 있다는 것입니다.

그러나 우리는 가끔 믿음이 불신에 삼키우고, 사랑이 미움의 도가니에서 자취조차 찾을 수 없이 되는 것을 보는 동시에, 품었던 푸른 꿈, 빛나던 희망이 절망의 검은 구름에 덮이는 것을 목격합니다. 그리하여 생의 의욕을 잃어버립니다.

"애써 살아 보아도, 애써 잘해 보려고 해도 다 헛되구나." 이런 걷잡을 길 없는 허무와 절망에 빠지는 때가 많습니다.

그러나 우리는 믿습니다. 하느님의 미쁘심과 사랑이 절망의 검은 구름을 헤치고 새 희망으로, 영원한 새 희망으로 우리에게 비쳐 올 것을!

이것을 믿을 수 없으면, 우리는 일찌감치 인생 폐업을 선언하는 편이 나을 것입니다.

호세아 는 그의 비참한 결혼 생활을 통해서 생의 희망은 믿음과 사랑이 없다면 가지에서 꺾어 낸 아름다운 꽃처럼 곧 시들어 버린다는 것을 사무치게 체험했던 것입니다.

그의 희망에 찬 가정 생활은 그의 아내 고멜 의 배신과 사랑의 변절로 산산조각 부서지고 말았습니다. 고멜은 닥치는 대로 아무에게나 몸을 맡기는 부정한 여인, 창기 가 되어 버리고 말았습니다.

고멜은 호세아의 아름다운 꿈, 생의 모든 희망을 부수어 버리고 말았습니다. 고멜은 호세아를, 호세아는 고멜을 사랑할 수도, 믿을 수도 없이 되어 버렸습니다. 온 세계가 빛을 잃었고, 하늘이 무너지고, 땅은 꺼지는 것 같았습니다. 호세아는 생의 모든 희망을 잃었습니다.

그러나 호세아는 그 어두운 절망의 구름을 뚫고 한줄기 희망의 빛이 비쳐 들어오는 것을 발견했습니다. 그 빛을 따라 눈길을 돌린 호세아는 사랑의 하느님의 호소하는 눈길에 부딪쳤습니다.

그 순간 호세아는 자기 자신이 동족과 함께 고멜의 자리에 있는 것을 발견했습니다. 그리고는 변치 않는 하느님의 미쁘심과 사랑을 박차고, 배반하고, 자기의 욕심과 정욕을 채우려고 우상 숭배에 떨어진 이스라엘은 고멜 이상으로 믿을 수도 없는, 아무 희망 없는 존재라는 것을 발견하고 소스라치게 놀랍니다.

그는 또다시 절망의 구렁텅이에 끝없이 빠져 들어갑니다. 이젠 아내에게 버림받은 것은 문제도 되지 않았습니다. 하느님께 버림받은 사람이라는 생각이 그를 완전한 절망에 빠뜨립니다.

술이 있고, 노래가 있고, 춤이 있고, 육(肉)의 즐거움이 있는 곳이 바로 지옥이 됩니다. 그는 거기서 하느님의 음성을 듣습니다.

내가 저를 꾀어 거친 들로 데리고 가서
부드러운 말로 그를 위로할 것이다.
……
그는 거기서 나를 사랑하기를
젊었을 때, 이집트에서 올라올 때처럼 하리라.

하느님은 이스라엘을, 아니 호세아를, 아니 우리를 꾀어내십니다. 우리를 유혹해 내십니다. 하느님의 사랑의 눈길에 현혹되고 도취되어서 하느님 외에 아무것도 보이지 않도록 유혹하십니다. 하느님의 유혹에 빠지는 자, 그는 참으로 행복한 자입니다.

하느님은 이스라엘을 거친 들로 유혹해 내십니다.

왜요?

그 광야는 하느님과 이스라엘이 첫사랑을 속삭이던 곳이기 때문입니다. 하느님의 사랑만으로 만족하고 그 사랑 속에서 생의 한없는 보람을 느끼고, 희망에 부풀어 오른 가슴을 억제할 수 없었던 이스라엘을 이끌어 내어 하느님의 변치 않는 사랑을 회상하게 하려는 것입니다.

순수한 사랑과 나누이지 않는 충성을 하느님께 바치고 한없이 기뻐했던 그날을 회상하게 하려는 것입니다. 이렇게 첫 믿음과 첫사랑을 회복함으로써 잃었던 희망을 회복하게 해주시려는 것입니다.

호세아는 이렇게 하느님의 미쁘심과 사랑으로 생의 희망을 회복하고는, 그 희망을 자기를 버린 아내에게도 회복시켜 주려고 하는 것입니다. 그래서 그는 창기가 된 아내를 은 열다섯 세겔*과 보리 한 호멜 반을 주고 데려옵니다. 이리하여 그들 사이에는 또다시 믿음과 사랑이 회복되고, 그들의 생은 희망에 차 넘치게 되었습니다.

하느님께서 이스라엘을, 아니 호세아를, 아니 우리를 광야로 불러내시는 까닭은 첫 믿음과 사랑을 회상시키기 위함만은 아닙니다.

광야에는 좋은 저택도, 아름다운 옷도, 맛있는 음식도 없습니다. 말하자면 모든 문화의 혜택이 없는 곳이 광야입니다. 우리의 몸에 친친 감기는 이 문화적인 것이 사실 우리와 하느님 사이를 가로막는 것이요, 이 아름다운 것들이 하느님만을 향해야 할 우리의 눈길을 빼앗아 가는 것입니다.

그래서 사람은 두 마음을 품게 되지요. 마음이 갈리는 것입니다. 믿음과 사랑이 두 쪼가리가 날 때, 믿음도 사랑도 죽어 버리고 마는 것입니다. 따라서 희망도 사라지는 것입니다.

그럴 때마다 하느님은 사람을 광야로 유인해 내십니다. 하느님과 나 외에 아무도 아무것도 없는 세계로.

두 쪼가리가 났던 믿음과 사랑이 다시 하나로 통일되어 하느님만을 향하게 됩니다. 이리하여 희망이 다시 솟아나는 것입니다. 죽음의 선까지도 넘어가는 영원한 희망을 가지게 됩니다.

모세°도 40년 동안 미디안° 광야의 생활을 했습니다. 이스라엘도 40년 동안 광야에서 살아야 했습니다. 엘리야°, 아모스°, 세례 요한°도 다 광야의 사람입니다. 예수님도 40일 동안 광야에서 금식하며 기도하셨습니다. 사도 바울도 그의 회심° 후에 아라비아 사막으로 가서 명상과 기도의 날들을 보냈습니다.

광야의 거친 들──문화의 푹신한 자리에서, 사회의 복잡한 소음 속에서 불려 나와서 하느님과 나만이 있는 곳, 그곳이 우리에게 믿음과 사랑을 회복해 주고, 우리에게 새 희망을 주는 것입니다.

실패와 낙담의 아골 골짜기는 새 희망의 문이 되는 것입니다.

우리는 너무나 많은 희망에 속아 왔습니다. 8·15 해방은 벅차는 희망을 우리의 가슴에 안겨 주었건마는, 그 희망은 남북 분열이라는 환멸로 끝나지 않았습니까? 1948년 남한만이라도 UN 감시 아래 총

선거가 실시되어서 우리 정부가 섰을 때의 희망도 작은 것은 아니었지요. 그러나 그것마저도 6·25의 쓰라림을 거쳐서 3·15 부정 선거에 이르렀을 때, 우리는 모든 희망을 버릴 수밖에 없지 않았습니까?

4·19는 우리의 민족 정기를 되살린다는 새 희망을 우리의 가슴에 불질러 놓았습니다. 그러나 그것도 또다시 환멸과 실망으로 끝나고 말았습니다. 이제 5·16 군사 혁명으로 우리는 또다시 어떤 희망을 품어 봅니다.

그러나 속아서는 안 됩니다. 철저한 믿음과 나누이지 않는 사랑에서 솟아나지 않는 어떤 희망도 또다시 환멸과 실망으로 끝나게 될 것입니다.

우리는 모든 사람의 경박한 희망을 꿰뚫어 보아야 하고, 모든 사람이 절망에 빠졌을 때, 거기서 참희망을 볼 줄 알아야 합니다.

우리의 모든 것에 실망하고 하느님의 미쁘심만을 믿고, 그의 한없는 사랑의 샘에서 사랑을 퍼마셔 우리의 생리가 사랑으로 변해야 합니다. 그때 우리 속에서 솟아나는 희망만이 모든 절망을 희망으로 바꿀 수 있고, 죽음의 관문마저도 희망의 문으로 만들 수 있는 것입니다.

믿음과 희망과 사랑, 이 셋은 영원무궁토록 있을 것입니다. 하느님의 미쁘심과 사랑에서 오는 구원과 희망이 필요 없는 사람은 없습니다. 우리는 모두 구원받아야 할 존재들입니다. 한 사람의 예외도 없습니다. 불신과 미움이 안겨 주는 절망에서 건짐을 받을 필요가 없는 사람은 세상에 단 한 사람도 없습니다.

우리에게는 구원의 희망이 필요합니다. 그것은 결코 우리 속에서 솟아나지 않습니다. 그것은 위에서 옵니다. 위를 쳐다보십시다. 땅을 내려다보고 우리 자신을 보는 것은 구원의 희망이 필요하다는 것을 더욱더 느끼고 깨닫고 구하기 위해서입니다.

믿음과 희망과 사랑. 이 셋은 영세무궁*토록 있을 것입니다.

나는 이것을 믿기 때문에 생을 포기하지 않겠습니다. 나에게 주어진 것을 하나도 포기하지 않겠습니다. 내 자신도, 내 임무도, 내 가정도, 내 벗도, 내 교회도, 내 민족도, 내 세계도. 모든 실망과 낙담이 새 희망에 삼키우는 것을 보지 않고는 눈을 감지 않겠습니다.

포기하는 것이야말로 사탄이 바라는 것입니다. 호세아가 고멜을 포기하지 않았다면, 하느님께서 나를 포기하지 않았다면, 내가 무슨 권한으로 나를 포기하겠습니까?

믿음과 희망과 사랑, 이 셋은 영세무궁토록 있을 것입니다.

속으라

아브라함*은 백 살에 첫아들을, 약속의 아들을 받았습니다. 그 아들에게서 나는 후손이 하늘의 별같이 많고 땅의 모래같이 셀 수 없을 것이라는 약속이었습니다. 그리고 그 아들의 후손을 통해서 땅 위의 만민이 축복을 받을 것이라는 것이었습니다. 얼마나 귀한 아들이었습니까? 그는 하느님을 모시듯 아들을 귀중하게 여겼습니다. 자녀를 하느님 모시듯 귀하게 다룬다는 것은 비단 아브라함만이 아니라, 우리 모두에게 중요한 일인 줄 압니다. 모든 자녀는 약속의 자녀들이기 때문입니다.

이러한 약속의 아들에게 아브라함은 하늘 같은 기대를 걸고 그를 길렀습니다. 이삭*의 얼굴을 볼 때마다 약속의 말씀이 들려와서 하느님께 마음으로 찬양을 올렸고, 이삭의 맑은 목소리가 멀리서라도 들려오면 그의 가슴에는 기대가 물결처럼 벅차 왔던 것입니다.

그런데 하루는 하느님께서 아브라함에게 이르셨습니다.

"네 아들을 내게 바쳐라!"

옛날 사람, 지금부터 약 3천5백 년 전에 아브라함으로서 아들을 하느님께 바친다는 것은 잡아서 제단 위에 올려놓고 불에 살라서 하느님께 드리는 것이었습니다. 그 이외의 다른 무엇을 생각할 수 있겠습니까?

그래서 그는 이삭을 데리고 제단이 있는 높은 산으로 갑니다. 사흘 길을 갔습니다. 특별한 제물을 드릴 때에나 찾아가는 특별한 성소*였던가 보죠. 사흘 길을 가면서 그의 마음에서 뒤채는 생각은 무엇이었겠습니까?

'하느님의 약속은 어찌 되었는가? 하느님은 나를 속이셨는가? 나는 하느님께 속아 살아왔는가?'

여러분 같으면 그런 생각을 하지 않았겠습니까? 하느님을 믿다가 집어치우는 사람은 다 이 생각에 넘어가는 것입니다.

'나는 속고 있다.'

아브라함이 그런 생각을 했는지 하지 않았는지는 알 길이 없습니다. 그는 전 인류의 문제를 가슴에 지닌 채, 묵묵히 이삭을 앞세워 걸어갈 뿐입니다. 그의 무거운 침묵 속에는 '속고 있지 않는가?' 하는 인류의 의문이 깃들여 있었을 것이 아니겠습니까?

한데 그는 하느님께 속기로 결심하고 저벅저벅 사흘 길을 걸어갔습니다. 인류의 축복을 두 어깨에 걸머진 이삭을 하느님께 돌리려는 것입니다. 그의 한 발짝 한 발짝에는 십자가의 쓰라린 피가 자복자복 담겨 있는 것입니다.

하느님을 속임수로 넘기는 것이 아니라, 하느님께 속는다는 것이 십자가의 길입니다. 십자가를 진다고 하면서 아무에게도 속지 않는 다는 것은 말이 되지 않습니다. 이 십자가의 길이 끝난 곳에 신앙의 승리가 있습니다.

사람은 누구나 남을 속이는 것은 나쁘지만 남에게 속을 필요는 없 다, 무엇에게나, 심지어 하느님에게까지 속아서는 안 된다, 스스로 자 기의 환각이나 망상에 속아서도 안 된다, 이렇게 생각하고 정신을 바 짝 차리고 살아갑니다.

이렇게 속지 않겠다는 생각이 인간 지혜의 출발이 아니겠습니까? 지혜를 사랑한다는 철학도 따지고 보면 속지 않겠다는 것이죠.

과학은 더군다나 그렇죠.

1+1=2

이 공식을 철석같이 믿고 그 이외의 것은 속기 십상이니까 그 이외 의 것은 믿지 않으려는 과학 정신에 발명가 에디슨은 속고 싶지 않았 던가 보죠. 그는 물 한 방울에 물 한 방울을 더하면 물 두 방울이 아 니라, 물 한 방울이 아니냐고 질문했다고 합니다. 속지 않겠다는 생각이죠.

사람은 이리하여 지혜를 얻었습니다. 그리고 그 지혜는 마침내 오래지 않아 사람을 달나라로 여행을 보내고야 말 것입니다.

그러나 이 지혜가 결코 사람을 행복하게 할 수도 없고 사람을 파멸에서 건져 낼 수도 없는 것입니다. 왜냐하면 속지 않으려는 지혜는 사람을 고독하게 만들기 때문입니다.

'모든 것에 속지 않는다. 하느님에게까지도 속지 않는다. 자기에게도 속지 않는다.'

똑똑하고 분명한 것 같아도 이런 생각을 가지고 살면, 모든 사람을 향해서, 하느님을 향해서까지 성을 쌓고 모든 것을, 하느님까지를, 심지어 자기 자신까지를 원수로 돌리는 것입니다. 모든 것을 나를 속이려는 것으로 의심하는 것입니다. 경계하는 것입니다. 천상천하天上天下*에 유아독존唯我獨尊*이 됩니다.

불교에서는 이것을 최상의 상태라고 생각해도, 이것이야말로 모든 것을 믿을 수 없는 고독한, 절망적인 상태인 것입니다. 모든 사람의 사귐에서 끊긴 것입니다. 천애*의 고아가 되는 것입니다.

사람은 지혜를 얻었습니다. 그러나 그 지혜 때문에 고독해졌습니다. 그러면 그 고독은 어디서 시작된 것일까요?

눈을 에덴 동산으로 돌려 보십시오. 하와*가 축복과 영생*의 동산을 거닐고 있습니다. 그의 마음은 시냇물처럼 맑고, 종달새처럼 즐거웠습니다. 감사와 기쁨밖에 없었습니다.

그런데 바스락 소리와 함께 뱀의 소리가 들려왔습니다.

"하와 아주머니! 이 동산의 열매들이 다 맛나죠?"

"그렇구말구."

하와의 대답입니다.

"그래, 뭐나 다 먹어 봤어?"

"아니, 동산 한가운데 있는 거만 빼놓구!"

하와는 뱀의 유도 작전에 걸린 것입니다.

"하와 아주머니는 하느님께 속고 있어. 그걸 먹으면 말야, 눈이 활짝 열려서 하느님같이 되는 것을 모르구!"

하와의 마음에 하느님께 속고 있다는 생각이 들었습니다. 그리고 하느님께 속고 싶지 않다는, 반항하는 생각이 머리를 들었습니다. 모든 일은 여기서 시작되었습니다.

'하느님께 속지 않는다'는 생각은 곧 하느님과 지혜를 겨루겠다는 생각이요, 하느님과 동등한 위치에 서려는 생각입니다.

뱀의 말대로 되지 않았습니까? 그대로 되었지요. '하느님에게 속지 않겠다'고 생각한 순간에 그는 뱀에게 속아 넘어간 것입니다.

세상에는 아무에게도 속아 넘어가지 않는 영리한 사람들이 많이 있습니다. 그런데 그런 사람들일수록 제 꾀에 걸려 옴짝달싹 못하고 넘어가는 것을 역사는 보여 줍니다.

속으라

나는 아무에게도 속지 않는다는 말은 나는 아무도 믿지 않는다는 말이죠. 내가 남을 믿어 주지 않으면 남이 나를 믿어 주지 않습니다. 이렇게 되면 우리는 이미 죽은 것입니다.

요새 농촌에 가 보면, 혁명 정부가 아무리 농민을 위해서 우선적으로 잘해 준다고 해도 움직이려고 하지 않는대요. 너무 속아 왔기 때문이죠.

우리는 아내에게 속고, 남편에게 속고, 자식에게 속고, 부모에게 속고, 친구에게 속고, 형제에게 속고, 동족에게 속고, 이웃나라에게 속고, 이렇게 우리는 너무 속아 왔습니다.

그런데 이 우주에는 속는 것을 두려워하지 않는 분이 계십니다. 이를테면 천만 번 속고 또 속아도 그래도 믿어 주시는 분입니다. 그분이 곧 예수 그리스도의 아버지 하느님이십니다.

무슨 말입니까?

하느님께서 인류가 당신을 거역하고 배신하고 죄에 떨어져 나갈 것을 모르셨습니까? 아셨죠. 다 아시면서도 그 인간에게 당신의 손으로 지으신 만물을 맡기신 것입니다. 인간에게 속을 것을 두려워하지 않고 믿어 주신 것입니다.

인류는 믿어 주시는 하느님의 기대에 물론 어긋났습니다. 그래서 타락하고, 죄가 온 땅을 뒤덮고 말았습니다. 그래서 하느님은 인류 역사를 다시 시작하기로 했습니다. 홍수로 멸하시고, 노아*를 건지셔서 새로운 역사를 시작하셨지요.

또 모르셨을까요? 다 아셨습니다. 그러면서도, 속을 줄 알면서도 믿어 주신 것입니다.

이스라엘 민족의 역사는, 아니 전 인류의 역사는 그런 것이죠. 서로 속지 않으려고 눈에 불을 켜고 덤비는데, 결국은 서로 속아 넘어 떨어지는 인간의 역사와 속으면서도 변함없이 믿으시는 하느님의 역사, 두 역사가 무늬를 놓아 가는 것입니다.

예수님은 심지어 이스가리옷 유다^{가룟 유다}까지 믿어 주시지 않았습니까? 그에게 돈 전부를 맡기셨거든요. 그런데 이스가리옷 유다 자신은 어떠했습니까? 예수에게 커다란 기대를 걸었습니다. 민족 해방의 대구주로 알고 그를 떠받들고 모셨습니다. 그런데 아무래도 주가 그것을, 민족 해방의 꿈을 이루어 주실 것 같지 않은 것이 차츰 드러나기 시작했습니다.

"아, 속았구나."

이 비통한 한마디가 그의 가슴에서 솟아남과 동시에 속지 않는다는 하와의 핏줄이 살아나서, 그는 자기를 속여 온 예수를 팔아 버리고 말았습니다.

이스가리옷 유다는 극단이지만, 어느 한 사람 그의 기대에 어긋나지 않은 사람이 있었습니까? 예수님은 사랑하던 제자들과 민중에게 고이 속았습니다. 그리고 십자가를 지셨습니다. 그러면서도 당신을 속여 넘긴 제자들에게 하늘나라를 다시 맡기신 것입니다.

너희가 999,999번을 속여 봐라. 나는 너희를 백만 번 믿어 주마. 이런 심정입니다.

이 하느님의 믿음, 속으시는 믿음이 우리 속에 믿음의 눈을 뜨게 할 때가 있습니다. 도저히 믿을 수 없는 우리를 믿어 주시는 하느님의 믿음이 우리 속에 믿음을 창조합니다. 속는 믿음을 창조합니다.

그리고 이 속는 믿음이 또한 내 형제의 가슴에 믿음을 일으키는 것입니다. 이삭을 제물로 드리는 아브라함의 마음에 움튼 믿음, 속지 않으려는 약삭빠른 하와의 소리를 짓밟고 넘어가는 믿음, 이 위대한 믿음은 믿을 수 없는 인간을 속으면서도 믿으시는 하느님의 믿음을 깨닫는 데서 솟아난 것입니다.

하느님이 나에게 속으시면서도 나를 믿어 주신다면, 내가 하느님께 속는 한이 있어도 하느님을 믿어야 할 것이 아니냐? 이것이 이삭의 목에 칼을 꽂으려는 아브라함의 심정이 아니었겠습니까?

속지 않는 것이 훌륭한 것이 아니라, 속는 것을 두려워하지 않고 하느님을 믿고 형제를 믿는 일이 중요한 일입니다.

속지 않으려고 하면 믿을 사람도 믿지 못합니다. 그러나 속으면서도 믿으면, 믿지 못할 사람도 믿게 됩니다. 이런 깊은 믿음이 우리들 사이에 결여되어 있는 것이 통탄*스러울 뿐입니다.

믿음은 희망이다

믿음은 바라는 것들의 실상이요,
보지 못하는 것들의 증거다.

무슨 말인지 알겠습니까? 성서 연구에 30여 년 몸담아 온 사람으로서도 이대로는 무슨 말인지 알 수가 없었습니다. 그래서 이 구절을 저 나름으로 이렇게 적어 보았습니다.

그것은 잔디 씨 속에 이는 봄바람이다.
그것은 눈먼 아이 가슴에서 자라는 태양이다.
그것은 시인의 말속에서 태동하는 애기 숨소리다.
그것은 내일을 오늘처럼 바라는 마음이요, 오늘을 내일처럼 믿는 마음이다.

이렇게 말하면 믿음이 무엇인지 아시겠지요. 믿음이란 "먼 옛날 예루살렘 성 밖에서 예수라는 젊은이가 인류를 위해서 죽었다더라" 이런 식으로 들은 풍월로 뒤나 돌아보는 일이 아니라는 거죠. 그것은 현재 속에 잉태된 내일이라는 말이죠. 아직은 희망에 멎지 않은 꿈이 지금 내 뱃속에서 꿈틀꿈틀 발길질하는 것을 느끼는 일이고요(이건 아기를 가져 본 여자라야 실감나는 이야기입니다). 내일이 오늘 속에서 숨 쉰다는 말도 되고요. 이를테면 꿈을 보증수표로 지금 내 손안에 넣었다는 말도 되겠죠. 언 땅속에서 부릅뜬 개구리의 눈망울을 상상해 보세요. 긴 긴 겨울을 동면한 개구리, 거죽만 남은 몸에 어둠 속을 응시하고 있는 그 커다란 눈망울, 그 속에 봄이 와 있다는 말 아니겠어요?

때로는 나의 꿈, 너무나 절실한 나의 꿈이 이 몸과 함께 박살나기도 하죠. 하기야 세상은 그런 일 천지죠. 움도 못 틔우고 박살나고 마는 꿈송이들이 지천으로 많아 우리의 시야는 안개처럼 흐려 오는 것이 아니겠어요? 그래서 일제 말기에 시인 정지용은 "꿈 같은 이야기는 꿈에도 아니하련다"고 서글픈 소리로 읊조렸던 것입니다.

한데 '믿음'이란? 그것은 이 몸과 함께 박살나 버리지 않는 꿈, 내일, 희망을 말하는 것입니다. 이 몸은 박살나도 언젠가는 내가 묻힐 이 역사 속에서 움을 틔우고야 말 꿈을 말하는 것입니다.

유대 종교 지도자들에게 업혀,

외세에 붙어 꼬리를 치는 아첨배 정치가들에게 업혀,
로마의 권력은
서른세 살 난 순정파 청년 예수를 죽였지만,
그의 꿈은,
그가 꿈꾸던 내일은,
그의 피가 스며 있는 희망은
아무도 박살낼 수 없던 것입니다.

그래서 우리의 민족 시인 윤동주 는,

괴로웠던 사나이,
행복한 예수 그리스도에게
처럼
십자가가 허락된다면

모가지를 드리우고
꽃처럼 피어나는 피를
어두워 가는 하늘 밑에
조용히 흘리겠습니다.

믿음은 희망이다

하며 죽었지만, 그의 넋은 우리의 핏줄 속에서 지금도 맥박 치고 있는 것이 아닙니까?

믿음이란 무엇인가? 다시 한번 정의를 내려 볼까요? 그것은 바라는 꿈을 이룰 악물 듯이 아프게 입술로 느끼는 일, 아직 눈에 보이지 않는 희망 속에나 있는 일을 내 심장의 고동 속에서, 이 역사의 숨소리 속에서 확인하는 일이라면 어떨까요? 그리고 이것이 너무 소중해서, 아니 이것이야말로 나의 인생의 전부이기 때문에, 아니 이것이야말로 나 자신이기 때문에 이것을 쓰레기통에 쓸어 넣지 못하는 일, 거기서 다시 찾아내는 일이라고 하면 어떨까요? "어떤 일이 있어도 나는 내 꿈을 버리지 못한다", "어떤 일이 있어도 나는 나를 배신하지 못한다", 믿음을 이렇게 정의하면 어떨까요? 좀 실감이 납니까?

학생 시절엔 이상주의자 아닌 사람이 없지만, 사회에 나가면 다들 현실주의자가 된다고들 하더군요. 물론 학생 시절에 이미 현실주의자가 되는 사람도 없지 않겠지만. 서글픈 일입니다. 정말 서글픈 현실입니다.

최근 이 민족의 가슴을 뻥 뚫은 사건이 일어났습니다. 그것은 장준하라는 민족의 거울이 박살난 사건입니다. 환갑을 내일 모레 앞둔 나이에 아직도 현실주의자가 못 된 철부지, 그렇기 때문에 누구보다도 현실을 뚫어 볼 수 있는 친구였습니다. 그분의 부음을 듣고 금년 막사이사이 상을 타신 이태영 박사는 "다른 사람은 대치가 되는데, 대치할 사람 없는 분이 가셨군요" 하면서 가슴을 치더군요. 대치할 사람이 없는 생을 산다는 것이 바로 자기를 사는 일이죠. 나한테 주어진 길을 한눈팔지 않고 가는 거죠. 자신을 배신하지 않는 생을 사는 거죠.

그분이 남긴 책 『돌베개』를 이번 가을 여러분의 독서 목록에 꼭 적어 넣으세요. 『돌베개』를 읽기 전엔 민족을 말하지 말아라, 저는 이렇게 말하고 싶습니다. 도서관에 가서 『사상계』의 권두언들도 읽어보라고 권합니다. "민족의 양심이 바로 여기 있구나", "인생이란 이런 것이구나" 하고 소리치게 될 것입니다.

'자기를 배신하지 못하는 마음'에서 오늘처럼 확실한 내일이 동트는 것 아니겠어요? 아직은 보이지 않으나, 보이는 오늘보다 더 밝은 희망이 태동하는 것 아니겠어요? 해방 후 민족의 지성을 혼란에서 건진 장준하, 꺼져 가는 민권의 횃불을 드높이 쳐들었던 장준하의 둘도 없는 인생은 이미 중국 대륙을 떠돌며 두드리던 20대의 젊은 가슴에서 쿵쿵 울리고 있었던 것을 알 수 있을 거예요. 그의 『돌베개』에서 여러분은 내 존재는 의심해도 의심할 수 없는 한국의 내일을 볼 수 있을 거예요. 그리고 그의 맑디맑은 심장의 고동이 여러분의 가슴에서 쿵쿵 뛰는 소리를 들을 거예요. 그리고 여러분의 가슴을 울리는 그 고동 소리는 내일의 한국의 맥박이라는 것도 믿게 될 거예요.

한국의 내일, 우리의 희망을 내 심장의 고동 소리로 듣는 일, 그것이 바로 '믿음'이라는 말입니다. 그것은 어김없이 '내일'을 창조하는 힘, '꿈'을, '희망'을 현실로 만들어 내는 마술이죠. 이런 '믿음'은 친구를, 이웃을 배신하지 못합니다. 민족을, 더 나아가서 인류를 배신하지 못합니다.

인권은 신성불가침인가

"자유와 인권은 소중한 것이나 법의 테두리 안에서 보장되는 것이지, 그것을 천부天賦*의 신성불가침*이라고 생각하는 것은 잘못이다."

이것이 누구의 말인지 여러분은 잘 아시죠? 저는 이 말을 들으면서 몸에 소름이 끼치는 것을 느꼈습니다. 이것은 목적을 수단으로 삼고 수단을 목적으로 삼는 위험천만한 생각입니다.

그런데 지금 우리는 언론 자유가 완전히 봉쇄된 암흑 시대에 돌입한 것 같군요. 언론 자유가 이렇게 봉쇄되고 보면, 우리가 말로 외치는 소리는 다른 매스컴에 삼켜지고 맙니다. 이제 우리는 귀에다 대고 하는 소리로 전파와 겨루지 않으면 안 되게 되었습니다.

그러나 토끼에게 이긴 거북의 슬기를 배워야 할 것 같군요. 탄약을 등에 져 나르는 군대가 탱크·자동차·비행기로 움직이는 군대에 이길 수도 있다는 사실에 눈을 돌려야 할 것 같군요. 언론 자유가 없이는 신앙의 자유도 없다고 한 포드˚ 대통령의 말을 인용할 것도 없이, 언론의 자유야말로 모든 자유의 기본 아니겠어요?

이렇게 자유가 아무리 절실한 우리의 문제라고 해도 자유는 인권에 포함되는 말이기 때문에, 여기서 우리는 인권이라는 말에 우리의 관심을 집중시켜 생각해 봅시다.

인권과 법의 관계는 어떤 것인가? 인권이란 법의 테두리 안에서 보장받는 것이지, 결코 신성불가침이 아니라는 말은 무슨 말인가? 인권이 절대 신성불가침이 아니라는 말을 하는 사람들이 정말 하고 싶은 말은 무엇일까? 인권은 법의 보장을 받는 것이기 때문에 절대 신성불가침인 것은 인권이 아니라 법이라는 말을 하고 싶은 것인가? 최소한도 인권보다 법이 우위優位를 차지한다는 말을 하고 싶은 것인가? 인권은 좀 희생시켜도 법은 지켜야겠다는 건가?

야당 국회의원이나 목사, 학생 등 민주 인사들은 말할 것도 없고, 여당 국회의원까지 고문을 당하고 입을 못 여는 이 사회에 인권을 보장해 주는 법이 과연 어디 있는가? 이 어질고 현명한 국민은 그런 법을 다시 인준해 주었다는 말인가? 우리의 인권을 보장해 준 법이라고 정말 믿고 승인해 주었다는 말인가? 그동안 『동아일보』 격려 광고에 나타난 이 민족의 슬기와 용기를 보아 왔기에, 우리는 이 민족이 그 법을 다시 인준해 주었다고 도저히 믿을 수 없습니다. 그러나 백 보를 양보해서 전 국민이 다 찬성표를 던졌다고 해도, 저는 그리스도 인의 양심에서 "아니오"라고 외칠 수밖에 없습니다.

절대 신성불가침인 것은 법이 아니라 인권입니다. 법은 인권을 보장해 주는 울타리에 지나지 않습니다. 인권이 한껏 자랄 수 있는 조건이죠. 인권을 떠받들어 줄 시녀죠. 법은 어떤 일이 있어도 절대라고 주장할 수 없습니다. 법은 어떤 일이 있어도 인권 위에 군림할 수 없습니다. "인권을 희생시키는 한이 있어도 법을 지켜야겠다. 법은 못 고친다"는 생각은 어떤 일이 있어도 용납될 수가 없습니다.

절대 신성불가침은 법이 아니라 인권입니다. 법은 인권을 보장해 주고, 인권을 키워 주고, 인권을 드높여 주는 한 용인될 따름입니다. 인권을 보장해야 할 법이 인권을 침해하고, 인권을 키워야 할 법이 인권을 위축시키고, 인권을 드높여야 할 법이 인권을 깔아뭉개게 되면 그 법은 아궁이에 들어가야 합니다. 법을 그렇게 운용하는 사람은 그 자리에서 물러나야 합니다.

왜 요새 교회가 갑자기 '인권'을 들고 일어났는가? 인간의 영혼을 극락°으로, 천당으로 끌어올리는 종교 본연의 모습을 버리고 '인권', '인권' 하면서 정치 무대에 뛰어드는가? 기독교 신앙 어디에 인간이 절대라는 신앙이 있는가? 절대는 하느님뿐, 인간은 하느님의 영광을 위해서 있는 상대적인 존재라는 것이 기독교 신앙이 아니던가?

그렇습니다. 기독교 신앙에서 절대는 하느님뿐입니다. 그 이외의 모든 것은, 심지어 거의 무한대로 보이는 우주도, 어떤 출중出衆°한 사람도 절대일 수가 없습니다. 그 어느 것이라도 절대라고 떠받들게 될 때, 우리는 우상 숭배에 떨어집니다.

그러나 생각해 보면 삼라만상*은 모두가 다른 아무것에도 침범당할 수 없는 존재권, 존재 가치, 존재 의의를 가지고 있는 것이 아닐까요? 우리가 발로 비벼 버릴 수 있는 길가의 작은 풀포기 하나, 해마다 다시 돋아나서 누가 보든 말든 타고난 빛깔로 작은 꽃을 피우는 풀포기 하나하나, 오늘 밤에도 바람에 스치울 별 하나하나가 거기 그렇게 있을 권리를 아무도 어떻게 범할 수 없습니다. 그것을 거기 그렇게 있게 한 것은 우리가 아니기 때문이죠. 거기 그렇게 있는 그 절대적인 가치와 아름다움 앞에 우리는 다만 머리를 숙일 따름입니다.

저는 며칠 전 머리를 감고 연탄 난롯불에 말린 다음 머리를 빗으며 거울을 들여다보다가 온몸이 떨리는 경험을 했습니다. 희끗희끗한 머리를 거울에 비춰 보는 일은 그리 유쾌한 일이 아니죠. 그런데 그 날만은 그렇지 않았습니다. 흰 머리카락 올올이 제멋대로 헝클어져 있는 것을 보면서, 저는 그 한 올 한 올이 거기 그렇게 있는 것이 새삼스럽게 느껴졌습니다. 내가 그렇게 거기 있으라고 한 것도 아니고, 그렇게 희어지라고 한 것도 아닌 흰 머리카락 한 올 한 올의 존재권을 나도 어떻게 손댈 수 없는 것으로 느껴졌습니다. 머리카락 하나하나엔 아무도 범할 수 없는, 나마저도 범할 수 없는 지성소*가 있는 것으로 느껴졌습니다. 성서가 말하는 창조 신앙이란 바로 이런 것임을 깨달은 셈이죠.

저는 아들 셋에 딸 하나가 있습니다. 저는 그 애들을 만날 때마다 얘들이 도대체 어디서 와서 여기 이렇게 있는가, 그런 생각에 사로잡히곤 합니다. 한 어머니 자식도 오롱이조롱이 라고 하죠. 서로 모양도 다르고, 생각도 기질도 느낌·뜻도 꿈도 다른 이 애들이 어쩌다가 이렇게 내 아들딸로 태어났을까? 보람 있게, 뜻있게, 행복하게 살려는 애타는 마음으로 가슴이 부푼 이 아이들 앞에 설 때마다, 무언가 창조적인 일을 해보고 싶은 뜻으로 빛나는 애들의 눈망울을 볼 때마다 그 누구에게도 수단이 될 수 없는, 하느님도 당신의 목적을 위해서 수단으로 쓰실 수 없는 절대 앞에 서 있는 것을 저는 느끼곤 합니다. 그 아이들의 가슴속에는 아무도 범할 수 없는 지성소가 있는 것을 깨닫게 된다는 말이죠.

이것을 성서는 '하느님의 형상'이라고 하는 겁니다. "사람은 절대다. 신성불가침이다. 왜냐하면 사람에게는 '하느님의 형상'이 있기 때문이다", 이런 말이 됩니다.

인간의 첫 죄는 살인이라고 성서는 가르쳐 줍니다. 첫 사람 아담의 두 아들 카인과 아벨의 이야기 아시죠? 카인은 아벨을 시기하다가 기어이 들로 유인해 내어 쳐 죽입니다. 이것이 인류의 죄의 시초라고 합니다. 시초는 근본이라는 말입니다. 죄란 살인에 이른다는 거죠. 카인은 아벨의 생존권이 자기의 긍지, 자기의 명예, 자기의 업적만큼의 가치도 없다고 생각한 거죠. 이 생각 속에 살인죄가 잉태되어 있는 것 아니겠어요? 가는 곳마다 그런 죄악, 곧 인권 침해뿐이어서 세상은 피비린내로 진동하고 있었습니다. 너무나 인간적인 성서의 하느님은 사람을 지으신 것을 뉘우치시고 홍수를 내려 세상을 멸하시고, 노아*를 남겨 새 인류의 시조로 삼으셨다고 합니다. 그 노아를 축복하시고 그에게 세계를 맡기시면서 목숨만은 건드리지 못한다고 하십니다. 특히 사람의 피를 흘리지 말아라, 사람은 '하느님의 형상'으로 창조되었기 때문이라고 하십니다. 이것은 새 인류의 '인권 헌장'입니다.

사람의 가슴에 칼을 꽂는 것은 하느님의 가슴에 칼을 꽂는 일이라는 거죠. 그런 하느님의 심정이 십자가로 나타난 것이 아니겠어요? 하느님마저 우리 하나하나의 존재를 이렇듯 신성불가침이라고 생각하시는데, 세상의 무엇이, 세상의 누가 우리의 이 지성소를 침범할 수 있느냐, 그 말입니다. 그것을 침범하지 않는 일, 그것이 믿음과 사랑의 첫걸음이요, 거기서 희망이 동터 오는 것입니다. 그런 하느님이기에 우리는 목청을 높여 찬양하는 것입니다.

이런 성서의 가르침을 듣고 보면, 교회가 왜 소위 종교 본연의 모습을 버리기까지 하면서 인권 옹호를 위해 나서서 정치에 도전하는지 알 것 같지 않습니까? 아니, 인권 옹호야말로 교회의 지성소라는 것을 알 것 같지 않습니까?

그러나 사람은 있기 위해서 있는 것은 아닙니다. 사람은 창조자로서 있는 것입니다. '하느님의 형상'은 무엇입니까? 하느님은 창조주, 그의 모습은 곧 창조하는 모습, 그 모습을 지닌 인간은 창조자, 모두 모두 무언가 남다른 것, 무언가 새로운 것, 무언가 남이 생각도 못했던 것을 생각하고 만들어 내는 창조자라는 말이죠. 개성 있는 창의와 그것을 이루고야 마는 뜻과 힘을 말합니다.

우리의 생존권은 절대 신성불가침입니다. 왜? 우리 속에는 아무도 생각할 수 없는 남다른 상상력이 있고, 그것을 아름답고 멋지게 이룩하려는 끌 수 없는 뜻이 있고, 그 상상을 진흙에서도 대리석에서도 돋쳐 내는 재간*이 있기 때문입니다. 그렇기 때문에 인권을 옹호한다는 것은 우리 속에서 꿈틀거리는 상상력·창의를 지킨다는 것이요, 그것을 멋지고 아름답게 이룩하려는 뜻을 키우는 일이요, 그 상상을 진흙에서, 대리석에서 돋쳐 내는 재간을 발전시킨다는 말입니다. 천부*의 개성을 존중하고 키운다는 말이 되겠습니다. 자유가 말살되고 명령과 복종밖에 없는 곳에서 개성 있는 창의는 죽고 맙니다. 대량 학살이죠.

하느님께서 사람을 당신의 '형상'으로 지으셨다고 해서 한 판에 찍어 내셨다고 생각해서는 곤란합니다. '획일주의'는 정말 곤란합니다. 그것은 개성을 죽이기 때문입니다.

창세기* 1장을 보면 하느님은 사람을 지으실 때 "우리의 형상으로 짓자"고 하십니다. '우리'라는 복수에 주목할 필요가 있습니다. 하느님의 복수성, 그것은 무한입니다. 우리 하나하나에게 와 있는 '하느님의 형상'은 끝없는 복수성을 말합니다. 나에게 온 하느님의 형상은 무한한 하느님의 형상 가운데 어느 하나인 거죠. 억천만 인 가운데서 내게 온 하느님의 형상은 다시 어디도 있을 수 없는, 오직 나만의 것이죠.

따라서 열등감은 금물입니다. 그것은 자살 행위입니다. 다른 아무에게도 없는 유일무이한 내 것의 가치를 알아야죠. 그것을 쓰레기통에 쓸어 넣는 일은 하지 않아야지요. 제 것 소중한 줄 알고, 그것을 꽃피우는 데서부터 인권 운동은 시작되는 것입니다. "네 이웃을 네 몸처럼 사랑하라." 저 사랑할 줄 알아야 남 사랑할 줄 안다는 말이죠. 옳은 말씀 아닙니까?

내게 온 것이 아무리 시시하게 보여도, 그것은 나 자신도 짓밟아 버릴 권리가 없는 절대 신성불가침입니다. 나를 내가 소중히 여기고 존경하지 않는데, 남이 누가 나를 소중히 여기고 존경합니까? 아무리 작아도 자기의 것을 소중히 여기는 사람은 아무리 작아도 남의 것을 소중히 여깁니다. 남의 것을 소중히 여기지 않고 업신여기는 것을 우월감이라고 하죠. 그것은 타살 행위입니다. 제 것만 소중하고 남의 것은 시시해 보이는 사람은 만인에게 자기 것만을 강요합니다. 복종만을 강요하는 독재자의 병든 생리입니다. 그런 우월감은 복종하지 않는 사람을 깔봅니다. 앞을 가로막는 사람은 제거해 버립니다. 이것이 바로 아우 아벨을 죽인 카인의 살인 행위가 아니겠어요?

억천만 인 가운데 나만의 것, 억천만 인 가운데 너만의 것, 그것은 무한한 하느님의 모습의 하나이기 때문에 그것은 절대요 신성불가침인 것입니다. 그래서 인권은 신성불가침이요, 인권을 보장하고 키우고 드높이는 일을 우리 그리스도 인은 법에만 맡겨 두지 않습니다. 우리는 법이 그 직책을 제대로 하는지 늘 감시하고 채찍질해야 합니다. 창조주 하느님께서 우리 손에 들려 준 이 채찍을 내동댕이칠 수는 없습니다. 기독교의 본연의 자세는 바로 이 일을 하는 것입니다. 그것은 나의 인권을 지키는 일이요, 너와 나, 우리 모두의 인권을 지키는 신성한 의무입니다.

살 권리

"왜 목사가 정치를 하느냐?" 이건 일단 질문이 됩니다. 그러나 "왜 목사가 인권 운동을 하느냐?" 이건 질문이 되지 않습니다. 목사가 인권 운동을 하는 건 당연한 정도가 아닙니까? 오히려 목사가 인권 운동을 안 하면 그것은 직무 유기입니다. 목사가 해야 할 일이 바로 인권 운동입니다. 하느님이 우리에게 맡겨 주신 일이 바로 인권 수호인 것입니다. 인권 수호를 제쳐 두고 하는 모든 선해 보이는 일, 아름다워 보이는 일, 훌륭해 보이는 일은 다 위선입니다. 회칠한 무덤이에요. 그것은 곧 죄입니다.

죄에는 두 가지 면이 있습니다. 하나는 해서는 안 되는 짓을 하는 일입니다. 그것은 곧 인권 침해입니다. 둘째는 해야 할 일을 하지 않는 것입니다. 그것은 인권 침해를 막고 인권을 북돋우는 일을 포기하는 것입니다. 우리는 남을 속이는 것을 죄라고 합니다. 왜? 그건 양심에 거스르는 일이요, 하느님의 계명 을 어기는 일이기 때문일까요? 아닙니다. 그것은 남의 인권을 침해하는 일이기 때문입니다. 속임수로 남의 재산을 빼앗는 것은 그의 생존을 위협하는 일이에요. 인권의 기본인 살 권리, 곧 생존권을 침해하는 일이기 때문에 죄가 되는 것입니다. 그것은 하느님이 그에게 주신 생존권을 침해하는 일입니다. 그렇기 때문에 남을 속이는 것은 하느님께 죄를 짓는 일도 됩니다.

판사가 자기의 양심을 속이고 죄 없는 사람에게 사형을 언도 하는 건 그의 생존권을 박탈하는 일이기 때문에 죄가 되는 것입니다. 생사람에게 10년, 20년 징역을 때리는 건 그의 자유권을 박탈하는 일이지요. 그리고 그건 하느님께서 그에게 허락하신 생명과 자유를 박탈하는 일이기 때문에 하느님에게 죄를 짓는 일도 되지요.

해야 할 일을 하지 않는 죄는 무엇입니까? 이런 인권 침해를 보고도 팔짱을 끼고 못 보는 척하는 일이에요. 누가 사람을 쳐 죽이는데 보고만 있는 건 살인 방조죄 가 되는 겁니다. 간접적인 살인입니다. 아기에게 못 먹일 걸 먹이는 것도 못할 일이지만, 먹여야 할 것을 안 먹이는 것도 안 될 일이지요. 먹여야 할 젖을 안 먹여서 아이가 죽었다면 그것도 살인입니다. 나의 살 권리가 소중한 만큼 남의 살 권리도 소중하다는 것을 알아주고 짓밟는 일을 하지 않아야지요. 하지 않을 뿐 아니라 남의 살 권리가 침해당하는 걸 막아 주어야 합니다. 막아 줄 뿐 아니라 북돋워 주고 키워 주고 꽃피워 주어야지요. 이것이 바로 인권 운동입니다. 하느님을 믿는다는 사람들이 그걸 안 하고 무얼 한다는 겁니까? 인권 운동이야말로 하느님을 믿는 신앙의 실천인 거죠.

그런데 헌법은 무엇입니까? 헌법의 근본 취지는 인권 보장과 인권 수호에 있는 겁니다. 약자의 인권을 강자의 횡포로부터 지켜 주기 위해서 권력을 남용하지 못하도록 입법부가 법을 제정합니다. 입법부가 제정한 법대로 행정을 펴 나가야 된다는 거죠. 그리고 행정부가 그 법대로 일을 해 나가는지 아닌지를 재판하기 위해서 사법부라는 것이 있습니다.

그런데 입법부와 사법부가 행정부의 시녀가 되어 버리면 힘없는 국민의 인권을 행정부의 횡포로부터 막아 낼 길이 없어요. 오늘 우리가 살고 있는 현실이 바로 그렇습니다. 이런 현실에 처해서 우리가 해야 할 인권 운동은 무엇일까요? 권력의 횡포에 시달리고 얻어터지는 사람 하나하나 찾아다니며 돌보아 주고 지켜 주는 일도 인권 운동임에는 틀림없습니다. 그런데 문제는 그 모든 인권 침해를 다 찾아다닐 수도 없을 뿐 아니라, 그러다가는 반국가 죄목으로 징역을 살게 됩니다. 심지어 사형까지 당할 수가 있어요.

그렇기 때문에 인권 운동은 곧 민주 회복 운동일 수밖에 없습니다. 우선 3권이 독자적인 자주성을 가지고 분립이 되는 민주적인 헌법을 갖추어야 해요.

1980년 봄에 우리가 외치던 것이 바로 그것 아닙니까? 자유당 시대의 헌법은 민주적이었어요. 그러나 헌법이 민주적이라는 것만 가지고는 안 되지요. 법이 민주적으로 운영되어야 해요. 그렇지 않고는 인권이란 그림의 떡이요, 빛 좋은 개살구지요.

따라서 인권 운동은 우선 민주적인 헌법을 회복하려는 운동이어야 하고, 다음은 그 헌법이 준수되도록 헌법을 수호하는 운동일 수밖에 없습니다. 우리가 주장하는 민주화란 바로 그런 것입니다. 이것이 바로 인권을 제도적으로 보장·수호·육성하는 일입니다.

그러고 보면 "목사가 왜 정치를 하느냐?"는 질문은 성립되지 않는다는 것을 알 수 있습니다. 인권 수호·육성이 신앙의 실천이라면 인권 수호·육성을 제도적으로 보장하는 민주화도 신앙의 실천일 수밖에 없는 것입니다. 예수님은 당신이 세상에서 해야 할 일을 이렇게 말씀하십니다.

하느님이 내게 기름을 부으시고
당신의 영을 내려 주시어
가난한 자들에게 복음을 전하게 하시려고
나를 파송한 것이다.
포로 된 자들에게 해방을 선포하고
눈먼 자들을 눈을 뜨고 보게 해주고

눌린 자들을 풀어놓아 주고

주의 은혜의 해를 선포하게 하려는 것이다.

기름을 부어 주시는 것은 하느님의 특사로서 사명을 부여하는 예
식입니다. 그 예식은 하느님이 당신의 영을, 당신의 뜨거운 마음을 주
시는 형식인 것이죠. 그러면 하느님의 뜨거운 마음으로 해야 할 일은
무엇인가? 그것은 예수의 제자인 바로 우리들이 해야 할 일이기도 합
니다. 예수의 기적은 초자연적인 힘을 과시하는 데 목적이 있는 것이
아니었습니다. 그건 그대로 복음을 실천하는 일이었습니다. 인권 회
복을 실천하는 일이었습니다.

그것을 예수님은 우선 가난한 자에게 복음, 곧 기쁜 소식을 전하는
일이라고 합니다. 가난한 자에게 전해야 할 복음은 무엇입니까? 포로
가 된 사람에게 전해질 복음은 무엇입니까? 그것은 풀려나서 고국으
로 돌아가는 일이지요. 장님에게 전해질 복음은 무엇입니까? 그건 눈
을 뜨고 보게 되는 일이 아니겠습니까? 감옥에 갇혀 있는 사람들에게
전해질 복음은 무엇입니까? 그건 석방이지요.

감옥에서 나온다는 것이 얼마나 기쁜 일이냐는 것은 갇혀 본 사람
이 아니고는 모릅니다. 제가 1976년 서대문구치소에 갇혀 있을 때,
맞은편 방에는 강간범들이 있었습니다. 그 강간범들은 대개 합의를
보고 나갑니다. 그런데 한 사람이 실형을 받고 영등포구치소로 넘어

갔습니다. 그 사람은 열세 살 난 소녀를 강간한 파렴치범이었습니다. 제가 그를 밖에서 만났더라면 물어뜯었을 것입니다. 그런데 같이 갇혀 있는 입장이 되니까, 그가 나가지 못하고 실형을 받은 것이 그렇게 섭섭했어요. 이 감정은 갇혀 보지 않은 사람은 모릅니다. 그때 깨달은 게 뭐냐고 하면, 자유는 다른 모든 가치를 넘어서는 가치라는 것이었습니다.

러시아의 소설가이자 세계 문학 사상 최대의 작가라고 할 수 있는 도스토예프스키*의 『죽음의 집의 기록』*이라는 작품이 있습니다. 저는 학생 시절에 그 작품을 너무 감명 깊게 읽었기 때문에 다시 읽었습니다. 그것은 도스토예프스키가 시베리아 유형 생활을 하던 때의 기록입니다. 그 마지막 장은 풀려날 때의 심정을 쓴 것인데, 저는 그 대목을 읽으면서 온몸으로 울었습니다. 온몸으로 석방을 갈망하고 있었다는 것을 저는 체험한 것입니다.

저는 비교적 감옥 생활을 즐기는 사람이었습니다. 사람들은 저를 교도소 체질이라고들 합니다. 저는 징역을 결코 따분하게 살지는 않았습니다. 너무나 보람 있게 징역을 살았습니다. 그랬는데도 불구하고 제가 얼마나 석방을 기뻐했느냐는 것은 저의 옥중 서한집 뒷면의 사진에 잘 드러납니다. 이건 두번째 석방 때의 사진인데, 저도 놀랐어요. 65년 평생에 이렇게 기쁜 날은 전에도 없었고 후에도 없을 것 같아요. 그러나 이 사진은 부끄러운 사진입니다. 많은 양심수들을 뒤에 남겨 두고 나오면서 내가 이렇게 기뻐했다니, 얼마나 부끄러운 이야기입니까?

간힌 자에게는 석방이 복음이지요. 가족·친지들을 만나 하고 싶은 일을 하고 사람다운 삶을 사는 자유가 복음이며 기쁜 소식입니다. 그런데 감옥에 있는 사람들 가운데는 석방이 정말 복음이 되지 않는 사람들이 많습니다. 그렇게 기다리는 출소일이 다가오면 불안해지는 겁니다. 나가 봐야 우선 갈 데가 없습니다. 결국은 또다시 그리고 들어가야 하는 것입니다. 그들에게 복음이 있다면, 그것은 우선 나와서 몸 붙일 데를 마련해 주는 것이죠.

주의 은혜의 해를 선포하러 예수가 오셨다고 합니다. 그 은혜의 해는 무엇입니까? 그건 회년입니다. 안식년* 7년을 일곱 번 지난 50년 되는 해가 회년인데, 그때가 되면 모든 종이 풀려나 제 집으로 돌아갑니다. 빚 때문에 남의 손에 넘어갔던 밭과 집을 되찾게 됩니다. 이건 민족적인 해방인 겁니다. 그것이 복음입니다.

그러면 가난한 자의 복음은 무엇입니까? 그건 일용할 양식입니다. 먹고살 걱정에서 풀려나는 일입니다. 빈곤에서 풀려나는 일입니다. 빵은 생존권의 보장만은 아닙니다. 왜냐하면 빵은 곧 자유이기 때문입니다. 빵은 생존권일 뿐 아니라 자유권까지 의미하는 것입니다.

빵이 없는 자유가 없고, 자유가 없는 빵이 없습니다. 그것은 갈릴리*의 억울한 민중의 경험이었고 우리의 경험이 아닙니까? 빵의 평등이 곧 자유의 평등이요, 자유의 평등이 곧 빵의 평등입니다. 일용할 양식도 빵의 평등, 자유의 평등을 말하는 것입니다. 그것이 하느님의 정의요, 하느님의 정의가 다스리는 곳이 곧 하느님의 나라인 것입니다. 이렇게 일용할 양식으로 보장되면 인권, 인간의 생존권과 자유권은 예수 신앙의 핵심이요 내용입니다.

마지막으로 한 나이 어린 여성의 이야기로 인권에 관한 제 강연을 끝맺겠습니다. 그는 가난한 농가에서 태어나 영등포·구로동 단지로 공장일 하러 옵니다. 그 고된 일을 하면서도 자신의 발전을 위해서 밤이면 야학을 다닙니다. 그러던 중 하루는 야학에서 돌아오다가 자동차로 납치되어 사창가로 팔려 갑니다. 그러나 그는 거기서 탈출하는 데 성공합니다. 죽을 생각도 하지만 친구들의 격려를 받으며 그 아픔을 응어리로 안은 채 다시 일을 시작한다는 이야기입니다.

우리 온 민족의 인권은 이 여성처럼 깊은 상처를 입었습니다. 우리는 이 상처를 싸매 주면서, 서로 감싸 주면서 재기해야 합니다. 상처를 입은 만큼 인권을 소중하게 여기면서 산다는 것이 부끄럽지 않고 자랑스러워지도록 서로 아끼고 위하면서 사는 세상을 만들어야 합니다. 이것이 신앙으로 사는 일입니다.

당신이 길이라니

"나는 길이다." 예수는 이렇게 당신을 주장하셨습니다. 당신을 만천하에 내세우신 거죠. 그것도 보통 길이 아니라 당신만이 하느님께 이르는 길이라는 것 아닙니까? 제가 이런 말을 했다면, 세상은 저를 건방진 놈이라고 했을 것 아닙니까? 당돌한 주장이라고 했겠죠.

예수는 또 "나는 진리다"라고 당신을 내세우셨어요. 진리라는 것이 있다면, 그것은 만고˚에 변하지 않는 것이어야지요. 하나에 하나를 더하면 둘이 된다는 건 과학적인 진리지요. 하나에 하나를 더하면 한국에서는 둘이 되는데, 미국에 가서는 셋이 되고, 소련에 가면 넷이 되고, 달나라에 가면 백이 되고, 북극성에 가면 천이 된다면, 과학은 뒤죽박죽이 되고 마는 거죠.

그런데 세상에는 또 다른 진리가 있어요. 하나에 하나를 더하면 둘이 되기도 하지만, 셋도 넷도 백도 천도 된다는 진리가 있어요. 이것은 창조의 세계에만 통하는 진리지요. 거짓을 진실로 만드는 진리예요. 모든 창조의 뿌리를 시라고 한다면, 그것은 시적인 진리라고 해도 되겠지요.

　　눈이 멀어
　　억만 년 눈이 멀어
　　별이 보이지 않아
　　밤하늘에 별이 보이지 않아
　　캄캄한 가슴속 끓다 끓어
　　파아란 불꽃들이 튕겨

이건 「바위」라는 제 시의 첫 연입니다. 바위가 눈이 멀었다는 것도 거짓말입니다. 바위가 밤하늘에 별이 보이지 않아 가슴을 끓인다는 것도 거짓말입니다. 가슴이 끓다 끓어 파아란 불꽃들이 별빛으로 가슴에서 튕겨 나는 바위가 세상에는 없습니다. 그러나 여기 모여진 말들이 모여져서 만들어 내는 새 세계가 시의 세계입니다. 이 시는 1976년 3월 1일을 하루 앞둔 2월 29일의 저의 심정이었습니다.
　세상에는 이와는 또 다른 진리가 있어요. 하나에 하나를 더하면 둘이 되는 것도 아니요, 천만이 되는 것도 아니요, 도로 하나가 되는 진리입니다. 그것은 한 사나이와 한 여인이 합해서 하나가 되는 사랑의 진리입니다. 이 진리는 백에 백을 더해도, 만에 만을 더해도 하나가 되는 사랑의 진리입니다. 심지어 물과 기름같이 전연 어울릴 길 없는 것까지 하나가 되는 사랑의 진리입니다. 예수가 "나는 진리다"라고 하셨을 때, 이 세 가지 진리를 다 포함해서 하시는 말씀이었을까요? 어거스틴이 예수를 모든 진리를 진리 되게 하는 것이라고 한 것은 무엇일까요? 그것은 진실이라고 저는 믿습니다. 성경에 진리라고 번역된 말은 모두 진실이라고 번역되어야 하는 말이기 때문입니다. 속임수가 없어야 한다는 말입니다.

"내게는 조금도 거짓이 없다. 속임수가 없다. 나는 송두리째 진실이다." 제가 만일 그런 말을 했다면 날벼락을 맞고 죽어야지요.

"나는 생명이다." 예수는 또 이렇게 당신을 내세우셨습니다. 요한복음에서 말하는 생명은 영생을 말합니다. 죽음으로 끝나지 않는 생명, 죽음의 지배를 넘어서 있는 생명, 죽음까지도 그 테두리를 벗어날 수 없는 생명, 죽음도 한 점에 지나지 않는 생명, 죽음이란 생명의 절실한 고마움을 일깨워 주는 계기에 지나지 않는 생명, 죽음도 생명의 참뜻을 밝혀 주는 빛이 되는 그런 생명을 말하는 것입니다. 이런 생명이라고 제가 저를 내세운 거라면, 저는 정신병자이지요. 안 그렇습니까? 그런데 예수는 그런 주장을 하십니다.

'예수는 하느님의 아들이니까 그런 주장을 할 수 있다.' 요한복음 저자는 물론 그렇게 생각을 했습니다. 그러나 공관복음서를 보면, 예수는 당신을 시종일관 '사람의 아들'이라고 했지 '하느님의 아들'이라는 말을 하지 않으셨어요. '사람의 아들'이라는, 유대교에서 기독교로 이어지는 사상에 관한 해석이야 어떻든, 예수는 당신이 철저하게 사람이라는 말을 하셨던 것입니다. 참사람다움을 보이려고 하셨던 것입니다. 참사람다움을 성서는 "하느님의 형상"이라고 말합니다. 창조주께서 사람을 당신의 형상으로 지으셨다고 하셨을 때, 사람을 신으로 지으셨다는 말이 아닙니다. 하느님다움은 사람들의 사람다움에서 드러난다는 말이지요.

진실되게, 믿음으로, 정의로, 사랑으로 사는 것이 사람답게 사는 일인데, 그렇게 사는 건 백 번이면 백 번 손해 보는 일이요, 얻어터지고 당하는 일이지요. 정말 철저하게 살다가는 꼭 죽기 십상이지요. 소크라테스처럼 독배를 들고 죽든지, 예수처럼 십자가에 달려 죽든지, 스테판처럼 돌에 맞아 죽든지, 유관순처럼 토막이 나 죽든지, 장준하˚처럼 귀 뒤의 급소가 터져 죽든지, 전태일˚처럼 스스로 휘발유를 몸에 끼얹고 성냥을 그어 대서 죽든지, 김상진처럼 배를 갈라 죽든지 하게 되는 거죠. 십자가를 지고 가시밭길을 헤치며 가다가 쓰러지는 인생에서 우리는 참사람다움, 곧 하느님의 모습에 도달한다는 말이죠. 그것이 곧 하느님에게 이르는 길이라는 말 아니겠습니까?

그때 우리 다 하느님의 자녀가 되는 거구요. 그러고 보면 '사람의 아들'이라는 말과 '하느님의 아들'이라는 말은 동전의 양면에 지나지 않는 거죠. "내가 길이다", "내가 진리다", "내가 생명이다". 예수의 이 주장에 유대인들은 "이 건방지고 주제넘은 녀석 같으니라고. 그래 네가 하느님이란 말이냐?" 하면서 예수를 죽였던 거지요. 그런데 그것은 예수가 하느님의 아들이라는 영광스러운 자기 주장이 아니라, 나를 밟고 가라며 당신을 포기하고 내주는 자세라는 걸 세상은 몰랐던 것입니다.

"당신이 길이라니, 그게 무슨 소리요?" 하고 물으라치면, 예수님은 이렇게 대답하시는 거죠. "길이란 밟고 가는 거 아냐? 그러니 날 밟고 가라는 말이다." 그런데 저는 그걸 몰랐어요. "예수는 하느님의 계시야. 예수에게서밖에 참하느님을 아는 길이 없어." 이렇게 예수를 하느님 인식의 길이라고 생각하고 있었던 겁니다.

나의 핏자국을, 나의 찢어진 살점들을 밟고 가라는 말이다. 나의 체온을, 한숨을, 눈물을, 고독을, 허무를 밟고 가라는 말이다. 나의 눈물, 한숨, 절망, 고독, 허무는 누구의 것인지 아느냐? 그건 갈릴리의 억눌리고 짓밟히는 가난한 농민들과 어부들의 눈물이요, 한숨이다. 날품팔이들, 양아치들, 창녀들, 전과자들의 절망이요, 고독이요, 허무다.

모든 진리를 진리 되게 하는 진실이란 바로 이것이다. 그들의 절망과 고독과 허무에 나를 주는 일이다. 나의 생명을 쏟아 붓는 일이다. 나의 것, 나의 생명, 아니 나를 지키려는 모든 울타리는 거짓이다, 위선이다, 속임수다. 나는 그것을 허물어 버린다. 이렇게 철저하게 죽는 일이 바로 사는 일이다. 하느님을 사는 일이다. 길이란 따로 있는 것이 아니다. 너희의 목숨을 쏟아 하느님을 사는 곳에 길이 있다. 정의를, 사랑을, 진실을 사는 일이 곧 참되게 사는 길이다.

"당신이 길이라니, 정말 엄청난 주장을 하셨군요." 사실 그건 엄청난 주장이었습니다. 그리고 예수는 그 주장대로 죽어서 살았습니다. 인류의 어두운 밤을 비추는 불기둥이요, 길 없는 사막에 힘겹게 걸어갈 길을 보여 주는 구름 기둥이었습니다.

그러나 우리는 예수를 밟고 하느님을 사는 길을 가는 것으로 멎어 버릴 수는 없습니다. 예수가 끝 가는 데 다달아 우리도 남에게 밟히는 길로 쓰러져야지요. 우리를 밟고 가는 발길들, 그것이 바로 예수의 발길인 겁니다.

사랑은 어디서 옵니까

세상에 '위선'만큼 역겨운 게 있을까요? 엉큼한 생각을 품고 있으면서도 겉으로는 더없이 착한 척 꾸미는 걸 예수님은 참지 못하셨습니다. 당시의 종교 지도자들을 가장 매섭게 후려치신 말씀이 무어죠? 그것은 "이 회칠'한 무덤 같은 것들"이라는 말 아니었습니까? 속은 푹푹 썩는 냄새를 풍기는데 겉으로는 점잖고 경건한 모습을 꾸미고, 제 기득권 수호를 위해서는 굶어 죽는 사람들이야 전후좌우에서 쓰러지건 말건 눈 하나 까딱 않는 것들이 필요할 때면 온 얼굴에 다정한 미소를 날리는 당시의 기득권층을 예수님을 무어라고 매도하셨습니까? "양의 가죽을 뒤집어쓴 이리 떼"라고 하시지 않았습니까?

  강도를 만나 얻어맞고 털리고 외로운 길가에서 죽어 가는 사람을 못 본 척하고 지나간 제사장·레위 인'들 이야긴데요, 거기에 보는 사람이 한 명이라도 있었으면 그냥 지나가지 않았을지도 모르죠. 행인이 서너 사람만 있었어도 정성을 다해서 보살펴 주었을지도 모르죠. 남이 보아주고 찬양해 주면 하고, 그렇지 않으면 안 하는 그런 사랑은 정말 구역질이 나는 '위선'입니다.

위선 가운데서도 가장 역겨운 '위선'은 바로 계산된 사랑, 되로 주고 말로 받을 생각으로 하는 사랑, 박수갈채가 돌아올 걸 바라며 하는 사랑, 연극으로 쇼를 하는 사랑 아니겠습니까? 그런데 세상에는 계산되지 않은 사랑이 있는가? 되로 주고 말로 받을 생각 없이 하는 사랑이 있는가? 아무도 보아주지 않는데, 왼손이 하는 일을 오른손이 모르게 하는 사랑도 있는가? 세상에 사랑만큼 위선이 되기 쉬운 것이 있을까요? 위선이란 하나부터 열까지 위장된 사랑이 아닌가? 제 몸의 안전과 건강, 행복과 명성에 아무 보탬이 되지 않는데, 아니 손해가 되는데, 손해를 보면서, 밑지면서 내 살을 깎아 주면서, 돌아올 것을 전연 기대하지 않으면서, 되돌아올 명성 같은 걸 전연 기대하지 않으면서 나를 내주는 사랑이란, '위선' 아닌 사랑이란 과연 있는 것일까요?

전연 돌아올 걸 생각하지 않으면서 자기를 쏟아 붓는 사랑, '위선' 아닌 참사랑에 가장 가까울 수 있는 사랑을 우리는 어버이의 사랑에서 찾을 수 있을 것 같습니다. 그러나 그것도 그렇게 낙관할 일이 아닙니다. 아들을 딸보다 좋아하는 점은 야만국이나 문명국이나 별로 다르지 않은 것 아닙니까? 요새 중공*에서는 하나 이상 낳으면 세금을 많이 내야 하고 갖가지 혜택을 박탈당한다고 하지 않습니까? 그러니까 딸을 낳으면 숫제 죽여 버린다고 하지 않습니까? 이런 걸 사랑이라고 할 수 있을까요? 제 자식이 건강하고 운동 잘하고 음악·미술을 잘하고 공부 잘해서 출세하기를 바라는 심정에서 살을 깎고 뼈를 깎아 키우고 다듬는 사랑은 어디까지나 가족 이기주의지요. 그게 어디 사랑이라고 할 수 있습니까? 이렇게 어버이 사랑의 실체가 '위선'이라면, 세상엔 사랑이란 두 글자는 있어도 사랑은 없다고 해야 하지 않을까요.

그뿐인가요? 사랑한다는 사람끼리 하나로 뭉쳐서 다른 사랑으로 뭉친 사람들과, 그 다른 사랑 때문에 싸움을 벌이게 되지요. 그것도 흔히 피비린내 나는 싸움을. 세상엔 싸움을 위한 싸움도 많지만, 많은 싸움은 사랑 때문에 이 사랑과 저 사랑의 충돌로 해서 터지는 것 아닙니까? 제 나라를 뜨겁게 사랑하면 할수록 그만큼 더 적국敵國을 미워해야 하는 것이 애국심이라는 것 아닙니까? 이렇게 사랑은 미움을 낳고 미움은 싸움에 불을 지르지요. 그런 걸 과연 사랑이라고 해도 되는가? 그렇다면 세상엔 사랑이란 두 글자만 있고, 위장된 매스꺼운 사랑만 있고, 사랑의 폼만 있고 사랑의 멋, 사랑의 쇼만 있고 참사랑이란 없는 것일까? 세상에야 있건 없건 간에 내게만 있어도 좋은데, 사랑이랄 수 있는 사랑이 과연 내게는 있는가? 가슴에 손을 얹고 생각해 보세요. 가슴은 따끈따끈한데, 그게 정말 사랑의 뜨거움인가?

제 가슴에는 사랑이 없다고, 저는 슬프고 암담하지만 고백하지 않을 수 없습니다. 그렇기 때문에 고린도전서˚ 13장을 읽을 때마다 "사랑이 없으면 나는 아무것도 아니다"라는 말에 다다르면, 번번이 뒤통수를 쇠망치로 얻어맞는 심정이 됩니다. 사랑이 없으면 아무것도 아닌데 저는 사랑이 없다는 사실 앞에서 하늘이 무너지는 것 같고, 선 자리가 깨지는 것 같은 걸 번번이 경험하는 것입니다.

　왜 그렇게 느끼는 걸까요? 저는 사랑은 없지만 사랑을 믿고는 있기 때문입니다. 사랑이 없으면 우리의 인생은 아무 의미도 보람도 없다는 걸 믿고 있기 때문입니다. 인생의 본질은 기쁨인데, 사랑이 없으면 기쁨이 없다는 걸 믿기 때문입니다. 사랑이 없으면, 우리는 아무도 믿을 수가 없어요. 아무도 믿을 수 없으면서 어떻게 살아갈 수 있어요? 어떻게 이 사회가 설 수 있어요? 안 되지요.

　그러니 사랑이 없으면 아무것도 안 된다는 걸 믿기 때문입니다. 따라서 사랑이 없으면 세상이 깜깜해진다는 걸, 아무 희망도 없다는 걸 믿기 때문입니다. 사랑이 없으니 사랑이라는 두 글자만이라도 노래하지 않고는 한순간도 살 수 없다는 걸 믿기 때문입니다. 위장된 사랑, 역겹고 매스꺼운 위선이라도 좋으니 사랑이라는 사상思想이라도 붙잡고 늘어지지 않고는 하루도 견딜 수 없다는 걸 믿기 때문입니다. 사랑만이 우리를 절망에서, 파멸에서 구할 수 있다는 걸 믿기 때문입니다.

결국 인류는 누구나 가슴속 깊이 사랑을 믿고 있습니다. 내게는 없어도 어디엔가 사랑이 있다는 걸 믿습니다. 인류의 믿음이요 희망이요 근원인 사랑이 있다는 걸 믿습니다. 그러면 그 사랑은 어디 있는가? 그 사랑은 어디서 오는가? 다시 우리의 눈을 사마리아 인*에게 돌려 볼까요? 그는 어떤 종교적인 이념이나 철학을 가진 제사장이나 레위 인과 대조되는 인물로 등장하지요. 그는 어디서나 흔히 만날 수 있는, 길바닥의 사람이었습니다. 주고받는 계산으로 살아가는 평범한 사람이었습니다. 여관에 들러 치료를 부탁하고 비용을 계산해 주는 것으로 보아서 그는 농사꾼이라기보다는 상인으로 등장했다고 생각하는 것이 옳을 것입니다. 그에겐 위장된 사랑의 사상 같은 것이 없었습니다.

그는 왠지는 모르지만 강도 만난 사람에게로 갑니다. 왜 갔을 것이냐는 걸 상상하는 것은 그리 중요하지 않습니다. 가까이 갔다는 사실이 중요합니다. 가서 보았더니, 이대로 두면 죽을지도 모른다는 생각이 들었다는 것이 중요합니다. 이 사람의 생사가 나에게 달렸다는 것을 느낀다는 것이 중요합니다. 내가 이 사람에게 절대 필요하다는 걸 발견하는 것이 중요합니다.

이것은 사랑의 사상이 아닙니다. 이것은 구체적인 행동으로 움직이는 사랑입니다. 그는 사랑한다는 생각조차 하지 않습니다. 그는 현장의 명령에 복종할 뿐입니다. 그는 사랑의 방법론을 따라 행동한 것이 아닙니다. 현장의 요청을 받아들이고, 그 요청대로 행동했을 뿐입니다. 기름을 바를 데가 있으니 기름을 발랐고, 싸맬 데가 있으니 싸맬 뿐입니다. 그대로 내버릴 수 없었기 때문에 나귀에 태워 여관으로 옮긴 것뿐이었습니다.

그는 강도 만난 사람에게서 후한 보수를 받을 생각으로 사랑을 베푼 것이 아닙니다. 그런 계산이었다면, 그는 강도 떼가 그 근방 어디엔가 숨어 있을지도 모르는 곳으로 발길을 옮기지 않았을 것입니다. 명성을 기대하고 한 것도 아니었습니다. 그에겐 위장된 사랑의 사상도 없었고, 동기도 그런 것이 아니었습니다. 그냥 접근했고 현장의 요구를 외면하지 않음으로 해서 계산 없는 사랑, 위장되지 않은 사랑, 위선이 아닌 사랑을 행하게 되었던 것입니다. 이렇게 그는 참사랑이 사상으로만 있는 것이 아니라 현실로 있다는 것을 보여 주었습니다. 그리고 사상이 아니라 행동하는 사랑이 근원이라는 것도 보여 주었습니다.

그러면 그 사랑은 어디에서 왔습니까? 그것은 현장에서 왔습니다. 강도를 만나 얻어터지고 털리고 죽음을 기다리며 쓰러져 있는 행인이 있는 바로 그 현장에서 왔습니다. 사마리아 인마저 바쁘다는 핑계로, 위험하다는 핑계로 지나가 버리면 그는 영영 죽어 버리고 말, 들짐승에게 찢기고 독수리에게 뜯기어 백골만이 여기저기 흩어지고 말 그 광야에서 온 것입니다. 아무도 돌보는 이가 없는, 모두 자신의 안

전만을 생각하고 발길을 돌리는 그 위험 지구에서 온 것입니다.

그는 꺼져 가는 숨소리에 귀를 대봅니다. 꺼져 가는 맥박을 짚어 봅니다. 상처를 만져 봅니다. 그러다가 그 상처에 기름을 발라 주어야 한다고 생각합니다. 그리고 싸매 주어야 한다고 생각합니다. 기름을 바르고 싸매 주는 손이 떨려 옵니다. 빨리 의사의 치료를 받을 수 있는 곳으로 데려가야 한다고 생각합니다. 서두르지 않으면 죽을지도 모른다고 조바심을 내게 됩니다. 목이 타들어 오는 것을 느낍니다. 이렇게 그의 마음에 사랑의 불이 댕겨진 것입니다. 나귀에 그를 태우고 인가로 향하는 사마리아 인은 숨이 찬 것도 모릅니다. 그의 몸은 이미 사랑으로 불이 붙은 거죠. 이렇게 사랑은 그의 상처를 어루만지는 손을 통해서 그의 가슴에 옮겨 붙은 것입니다. 꺼져 가는 숨소리에서, 맥박에서, 그의 아픔에서, 꿈틀거리는 몸에서, 다가오는 죽음에서 사랑은 그의 마음의 심지에 옮겨 붙은 거죠. 사랑의 하느님은 거기밖에는 계시지 않습니다. 하느님의 사랑은 아픔으로, 눈물로, 슬픔으로, 절망으로 거기 계십니다. 구원의 손길을 기다리는 애타는 마음으로 거기 계십니다. 구원의 손길이 왔을 때, 안도의 한숨으로 거기 계십니다.

인천에서 산업 선교*를 개척하신 조화순 목사라는 분이 계십니다. 그는 근로자에게 전도하려고 현장으로 갔습니다. 근로자들을 예수쟁이로 만들려고 가셨던 거죠. 기독교를 확장하려고 한 것입니다. 그걸 사랑이라고 할 수는 없지요. 그런데 거기 가서 근로자들의 아픔·설움·눈물·한숨·슬픔·절망에 휘말리다가 사랑의 불덩어리가 된 겁니다. 이 땅에 그런 불덩어리는 없습니다. 그는 사랑을 가지고 갔던 것이 아닙니다. 그냥 심지만 가지고 갔던 거죠. 거기 가서 그의 심지에, 그의 마음에, 근로자들의 아픔과 설움과 눈물과 한숨과 절망에서 사랑의 불이 옮겨 붙은 겁니다. 모세˚도 그랬어요. 모세는 제 동족이 어떻게 지내나, 지적인 호기심에서 노동판으로 나갔다가 사랑의 불씨를 받았던 것 아닙니까? 예수는 애당초 억압받고 고생하는 갈릴리˚의 민중 속에 던져졌던 거고요. 석가모니도 생로병사의 현장에 나갔다가 대자대비˚의 사랑의 불씨를 받은 것 아닙니까?

그렇기 때문에 우리는 아픔이 있는 현장, 눈물·한숨·설움·슬픔·절망이 있는 현장으로 가야 합니다. 거기 가지 않고 말하고 생각하는 사랑은 사랑에 대한 모독입니다. 거기 가지 않고 하는 사랑은 위선이 되고요.

사랑의 빚

"서로서로 사랑의 빚을 갚으면서 살아가도록 하라."

이것은 사도 바울*이 오늘 이 어머니 주일에 우리에게 주시는 말씀입니다.

빚을 갚으면서 사는 것은 실상 그렇게 즐거운 일이 못 되죠. 아무리 벌어 보아야 그것이 빚 갚는 데 들어간다고 생각하면 그만 손맥이 탁 풀리죠. 안 그렇습니까? 게다가 우리 한국 사람들은 지금 모두 빚에 허덕이고 있지 않습니까? 우선 나라가 진 빚만도 얼맙니까? 그것을 한 사람 한 사람에게 풀면 얼마가 된다고 하죠? ……환율이 매일 오르니까 그 빚이 자동적으로 증가되어 가는 셈이죠.

"빚진 죄인"이라고 우리는 국가적으로 개인적으로 얼굴을 쳐들고 다닐 수 없는 죄인들이 되어 버린 것이 아니겠어요?

그런데 그것만으로도 허덕이는데 사랑의 빚까지 지라고? "천만의 말씀." 영어로는 그런 것을 "No thanks"라고 하지요.

사도 바울도 돈빚이 우리의 양심과 긍지와 즐거움을 빼앗아 가고 자유를 박탈하고, 우리의 생을 얼마나 어둡고 비참하게 만드는지를 알았던 것 같습니다.

그래서 "아예 빚질 생각을 말라"고 한 것입니다. 갚을 것이 있거든 얼른얼른 그것부터 갚아 버리고 해방을 받으라고 한 것이 아니겠어요? "빚진 죄인"이라는 한국 속담을 알았더라면 무릎을 치며 그 말을 써 넣었을 것 같군요.

사도 바울은 일절 돈빚을 지지 말라고 하면서도 "사랑의 빚만을 지라"고 합니다.

이 권면*에는 두 면이 있는 것 같습니다. 하나는 사랑의 빚만은 벗어 놓을 길이 없다는 것이겠고, 또 다른 한 면은 사랑의 빚을 벗어 버리는 것은 사람 된 도리를 벗어 버리는 게 된다는 것이었습니다. 여기에 사도 요한*이란 사람의 경험을 가미한다면 사랑의 빚을 갚는 것은 돈빚처럼 짐스럽지도 않고 괴롭지도 않고 가장 가볍고 즐겁다는 것이겠습니다.

이제 이 세 가지 점을 또박또박 생각해 볼까요?

첫째, 사람은 사랑의 빚을 벗을 길이 없다는 점부터 생각해 보십시다.

'어머니에게서 진 빚을 벗어 버릴 수가 없지.' 얼른 이런 생각을 하시겠죠. 지당한 말씀입니다. 어머니 무덤 앞에 가서 죄인이라고 느끼지 않을 사람이 세상 천지에 어디 있겠습니까? 부모가 돌아가시면 자식을 죄인이라고 하지 않습니까? 얼마나 깊은 진리를 지닌 말씀입니까? "부모가 돌아가면 자식은 죄인이라!" 부모에게 진 사랑의 빚은 백만분의 하나, 천만분의 하나도 못 갚을 것이니 죄인일밖에 무슨 도리가 있겠습니까? 사람은 누구나 죽기까지, 아니 저승에 가서까지 부모의 사랑의 빚만은 지고 사는 길밖에 없을 것 같습니다.

'그밖에야 뭐?' 이런 생각이 드세요? '쌀, 연탄, 수도, 고기, 채소, 옷, 책, 학문 등등…… 이런 것들은 내가 땀을 흘려 번 돈으로 당당히 값을 내고 산 것인데 뭐?' 이렇게 생각이 되시겠죠. 저는 부모님이 작년에 캐나다로 가신 후에 금년부터 정원 가꾸는 재미를 붙였습니다. 그런데 봄이 되니까 마당에 꽃들이 피기 시작했습니다. 저희 마당에는 배나무 한 그루가 있고 딸기도 여러 포기 있습니다. 그런데 제가 불러들인 것도 아닌데, 벌과 나비가 날아들어 와서 꿀을 빨아먹으면서 배가 열고 딸기가 열도록 해주는 것을 유심히 보니까, 물론 저희들이 꿀을 빨아먹느라고 하는 것이겠지만, 그렇다고 고맙지 않은 것은 아니잖습니까?

아침에 들에 나갔다가 햇빛과 함께 풀잎에서 몽그르는* 이슬방울들을 보다가 저는 '이 맑음, 이 푸르름, 이 햇빛이 없으면 어쩌나?' 싶은 생각이 들더군요. 저의 생의 순간순간이 고마움으로 터질 것만 같더군요.

　"내 부모뿐 아니구나. 온 천지가 내게 사랑의 빚을 지우는구나!"

이런 감격에 온몸이 떨리는 것 같았습니다. 그러고는 식탁에 앉아 밥을 먹으면서 농부를 생각했습니다. 옷을 입으면서 가난한 직공을 생각했습니다. 저녁에 따뜻한 온돌에 누우면서 탄광 속에서 두더지처럼 연탄을 캐는 광부들 생각이 났습니다. 책을 펴들자 스승들의 생각이 났습니다. 길을 가다가 내가 외로울 때, 내가 앓을 때 찾아와 주던 친구 생각이 문득 났습니다.

　아들 생각이 나자 국경을 지키는 군인들이 머리에 떠오르더군요. 요새는 목회를 하지 않으니까 교회에 가서 다른 교인들과 같이 예배를 드리고 설교를 듣는 일이 많습니다. 그러면서 목사님들에게 고마운 생각도 가지게 되었죠. 아이를 다섯씩이나 낳아서 고생스럽게 키워 주고 입을 것, 먹을 것, 잠자리를 봐주며 엄마 노릇 하는 아내에게 진 사랑의 빚은 어떻게 하면 좋죠? 이렇게 사람이란 돈빚은 벗어 버릴 수 있고 또 벗어 버려야 하지만, 사랑의 빚만은 어떻게 벗어 버릴 수도 없고 벗어 버려도 안 되는 것입니다. 그리고 이 사랑을 눈뜨게 하는 사랑, 사람을 사람 되게 하는 사랑의 뜨거움, 우리 혈관 속을 굽이치는 사랑의 맥박은 어머니의 품에서 어머니의 젖을 빨면서 얻은 것이 아니겠어요? 그래서 어머니의 사랑이 사람의 사랑 가운데서도 으뜸가는 사랑이요, 사람의 사랑의 원천이 된다는 것 아니겠어요? 나면서부터의 장님이 본다는 것이 무엇인지 모르듯이 어머니의 사랑을 경험 못한 사람은 사랑이 무엇인지 알기 어렵다는 것입니다. 하느님의 사랑 같은 것도 물론 공염불*로 들리는 거죠. 어머니의 사랑을 받으며 자랄 수 있게 해주셨다는 사실만큼 하느님의 사랑을 절실히 느낄 때가 없는 것이 아니겠어요? 예수님의 십자가의 사랑도 따지고 보면 그 사랑을 우리에게 되살려 주는 것이 아니겠습니까? 자기의 어머니를 제자 요한에게, 당신의 사랑을 가장 깊이 아는 제자 요한에게 맡기신 것이 그것을 말하는 것이 아니겠습니까?

둘째, 사랑의 빚을 지는 것이야말로 사람의 사람 된 도리라는 것을 생각해 볼 차례가 되었습니다. 지금까지 사랑의 빚을 진다는 것이 어떤 것이냐는 것을 말해 놓고 보니까 이것은 너무나 당연한 이야기여서 더 설명하지 않아도 될 것 같군요. 그러나 중요한 것은 당연한 일을 당연히 못하는 데 있습니다. 그래서 하느님은 십계명*을 주셨고 사도 바울은 사랑의 빚만은 벗어 버리지 말고 지라고 한 것이고, 저도 오늘 여기서 이 점을 강조하고 싶은 것입니다.

하느님은 십계명을 주시기 전에, "간음하지 말아라", "사람을 죽이지 말아라", "남의 것을 훔치지 말아라", "욕심을 부리지 말아라" 하는 계명*을 주시기 전에 "네 부모를 공경하라"고 하셨습니다. 부모에게 진 사랑의 빚을 갚을 줄 알아야 남에게 진 사랑의 빚을 갚게 됩니다. 갚지는 못할망정 선을 악으로 갚지는 않을 것이라고 한 것입니다.

사실 이 선을 악으로 갚지 않는다는 것이 선을 선으로 갚기 전에 먼저 갖추어야 할 마음가짐이요 몸가짐인 것입니다.

그러나 하느님은 부모를 공경하라고 하시기 전에 너희를 이집트 종살이 하는 곳에서 건져내 온 내 사랑의 빚을 벗어 버릴 생각을 말라고 다짐하셨습니다. 한마디로 사람의 사람 되는 길은, 사람의 사람다움은 배은망덕* 하지 않는 데 있다는 것이 아니겠어요? 하느님께서 주신 이 아름다운 자연과 풍성한 소출*은 내가 지불하는 돈으로 환산될 수 없는 것이라는 것을 알고 자연을 사랑해 주어야 한다는 것입니다. 더더군다나 내 부모, 형제, 친지, 본 일도 없는 농부와 광부들, 직공들에게 사랑의 빚을 갚는 생활을 하는 데 사람의 사람다움이 있고, 사람의 사람 되는 길이 있다는 것, 이것이 사랑의 빚을 지라고 한 사도 바울의 말의 둘째 뜻입니다.

셋째, 사랑의 빚을 진다는 것이 돈빚을 지는 것과는 달라서 짐스러운 것도 아니고 고통스러운 것도 아니고 가볍고 즐거운 일이라는 것, 이것이 내 짐은 가볍고 내 멍에는 쉽다고 하신 예수님 말씀의 뜻이겠습니다.

사랑을 미움으로 갚았을 경우를 생각해 보십시다. 그 마음이 얼마나 무겁고 얼마나 비참하겠는가? 잠자리에 들면 가위에 눌리는 것 같고 거리에 나가면 무엇엔가 쫓기는 것 같은 심정이 될 것 아니겠습니까? 다는 갚지 못하더라도 사랑을 사랑으로 갚았을 때, 그 자그마한 사랑의 갚음이 얼마만한 기쁨을 쌍방에 주느냐는 것은 여러분도 알지 않습니까?

우리의 생을 회고해 보면 언젠가는 경험해 본 일이 있는 것을 발견할 수 있을 겁니다.

제 경험을 이야기하죠. 스무 살 때 동경으로 유학을 갔었습니다. 아버님이 어려운 목사 생활을 하면서 보내 주신 학비로 고학을 않고 공부할 수 있었습니다. 첫 여름방학에 아버지가 보내 주신 돈을 절약해서 선물이라고 과자를 좀 사 가지고 돌아간 일이 있습니다. 그 선물을 아버지, 어머니에게 드렸을 때 기뻐하시던 모습은 아마 영원히 잊어버릴 수 없을 것입니다. 아버지, 어머니는 그 과자를 한두 개 집어 잡수시고는 동생들에게 나누어 주셨습니다. 동생들도 정말 기뻐했습니다. 저는 아버지가 보내 주신 돈으로 사 가지고 온 그 과자가 부모님과 동생들을 그렇게 기쁘게 할 줄은 미처 몰랐습니다. 그리고 그 기쁨을 보면서 저도 한없이 기뻤습니다. 사랑의 빚을 갚는다는 것이 짐스러운 것이나 고통스러운 것이 아니고 마냥 즐거운 일이라는 것은 바로 이런 것을 말하는 것입니다.

우리는 어차피 사랑의 빚은 벗어 버릴 수도 없고 다 갚을 수도 없습니다. 즐거운 마음으로 갚으려고 하는 마음자세가 중요하고 자그마한 것이라도 그 마음을 담아서 표시하는 것이 중요한 것입니다. 그렇습니다. 마음이 중요한 것입니다. 그런 마음을 가질 때, 던지는 부드러운 눈길, 이해 있는 말 한마디, 들어 주는 귀, 붙들어 주는 손, 안아 주는 가슴, 이런 것으로 우리는 다 갚을 수 없는 사랑의 빚을 조금씩 갚으면서 인생을 즐겁고 복되게 살아갈 수 있는 것입니다. 이것은 주판을 튕기는 생활이 아니죠. 숫자로 환산되는 인생이 아닙니다. 고마운 마음 하나로 하늘보다 높고 바다보다 넓은 어머니의 사랑, 온 인류의 사랑, 우주 만물을 가득 채우고 있는 하느님의 사랑의 빚을 갚는 것이 된다니 놀랍고 고마운 일 아닙니까? 이렇게 될 때 하느님의 사랑은 하늘과 땅에 메아리치고 어머니의 사랑에 튕겨서 모든 사람의 마음의 거문고 줄을 울리며 사랑의 찬가가 되어 울려 퍼질 것입니다. 돈빚을 지고 허덕이던 우리의 어깨는 사랑의 빚을 지고 더덩실 춤을 추게 될 것입니다.

시부모를 모시느라고 허리가 구부러지고 남편을 섬기느라 주름살이 깊어지고 자식들을 기르느라 머리가 센 이 땅의 어머니들의 얼굴에서 웃음꽃이 활짝 필 것이 아니겠습니까?

하늘에서는 하느님이 "좋구나!" 하며 무릎을 치시며 사람을 지으시고 후회하시던 마음의 주름이 펴지며 천군天軍 천사가 부르는 사랑의 찬가가 온 우주에 울려 퍼질 것입니다.

기도하십시오.

용어 사전

가찹다 '가깝다'의 방언.

갈릴리(Galilee) 팔레스타인의 북단, 지금의 이스라엘 북부에 해당하는 지역. 중심 도시는 나사렛이며, 예수가 활동한 주요 무대로서 성서와 관계있는 유적이 많다.

강권(強勸) 억지로 권함.

겟세마네(Gethsemane) 예루살렘의 동쪽, 감람산의 서쪽 기슭에 있는 동산. 예수가 처형당하기 전날, 최후로 기도를 드리고 잡혀간 곳.

결가부좌(結跏趺坐) 부처의 좌법(坐法)으로 좌선할 때 앉는 방법의 하나. 먼저 오른발의 발바닥을 위로 하여 왼편 넓적다리 위에 얹고, 왼발을 오른편 넓적다리 위에 얹는 앉음새.

겸비(謙卑) 제 몸을 겸손하게 낮춤.

경도(傾倒) 온 마음을 기울여 사모하거나 열중함.

경락(經絡) 한의학에서 침을 놓거나 뜸을 뜨는 자리인 경혈(經穴)과 경혈을 연결한 선을 이르는 말.

경륜(經綸) 일정한 포부를 가지고 일을 조직적으로 계획함. 또는 그 계획이나 포부.

계명(誡命) 종교에서 반드시 지켜야 할 조건.

고려공산당 1918년 중국 상하이에서 이동휘가 조직한 공산주의 정당.

고르바초프(Gorbachyov, Mikhail Sergeyevich) 1931~. 러시아의 정치가·초대 대통령(재임 1990~1991). 1990년 노벨평화상 수상.

고린도전서(Korinthos前書) 신약 성경의 한 편. 바울이 고린도 교회에 처음 보낸 16장(章)의 편지로, 신도로서의 합당한 생활을 권고하고 있다.

고린도후서(Korinthos後書) 신약 성경의 한 편. 바울이 고린도전서를 쓴 지 일 년 반 후에 다시 고린도 교회에 보낸 편지로, 바울 자신이 겪은 환란과 번민을 적었다.

고매하다(高邁 ―) 인격이나 품성, 학식, 재질 따위가 높고 빼어나다.

고멜(Gomer) 구약 성경의 호세아서에 나오는 여인. 이스라엘 선지자 호세아의 아내이다. 고멜은 하나님을 떠나 음란한 우상을 좇아 섬기는 배은망덕한 이스라엘을 상징한다.

고투(苦鬪) 몹시 어렵고 힘들게 싸우거나 일함.

골고다(Golgotha) 예수가 십자가에 못 박혀 죽은, 예루살렘 교외의 언덕.

공관복음서(共觀福音書) 신약 성경의 첫 부분을 이루는 마태, 마가, 누가의 세 복음서를 통틀어 이르는 말. 세 편 모두 그리스도의 생애와 교훈을 담고 있다.

공염불(空念佛) 신심(信心)이 없이 입으로만 외는 헛된 염불. 실천이나 내용이 따르지 않는 주장이나 말을 비유적으로 이르는 말.

공즉시색(空卽是色) 불교에서 본성인 공(空)이 바로 색(色), 즉 만물(萬物)이라는 말. 만물의 본성인 공이 연속적인 인연에 의하여 임시로 다양한 만물로서 존재한다는 것이다.

과수(過手) 바둑이나 장기 따위에서, 지나치게 욕심을 낸 수.

군속(軍屬) 국군에 복무하는 특정직 공무원인 문관(文官).

군정청(軍政廳) 점령지에서 군사령관이 군정을 행하는 관청.

권면(勸勉) 알아듣도록 권하고 격려하여 힘쓰게 함.

권모술수(權謀術數) 목적 달성을 위하여 수단과 방법을 가리지 않는 온갖 모략이나 술책.

궤변(詭辯) 상대편을 이론으로 이기기 위하여 상대편의 사고(思考)를 혼란시키거나 감정을 격앙시켜 거짓을 참인 것처럼 꾸며 대는 논법.

극락(極樂) 극락정토(極樂淨土)의 준말. 더없이 안락하고 아무 걱정이 없는 지경이나 그런 곳을 비유하여 이르는 말.

글라스노스트(glasnost) 페레스트로이카 개혁과 더불어 개방을 의미함. 소련의 고르바초프 정권이 내세운 시정 방침의 하나로, 정부가 가진 정보의 일부를 공개하고 언론 통제를 완화하는 정책을 이른다.

글발 적어 놓은 글.

긍휼(矜恤) 가엾게 여겨 돌보아 줌.

기실(其實) 실제의 사정.

기조(基調) 사상, 작품, 학설 따위에 일관해서 흐르는 기본적인 경향이나 방향.

기초(起草) 글의 초안을 씀.

김구(金九) 1876~1949. 독립 운동가·정치가. 호는 백범(白凡). 황해도 해주 출생. 3·1 운동 후 상해로 망명하여 대한민국 임시정부에 참여. 한국 독립당의 총재 역임. 해방 이후 신탁 통치 반대 운동을 주도하고 남한 단독 총선거에 반대하다가 1949년 안두희(安斗熙)에게 암살당하였다. 저서에 『백범일지』가 있다.

김부식(金富軾) 1075~1151. 고려 시대의 학자·정치가. 자는 입지(立之). 호는 뇌천(雷川). 묘청의 난을 평정하여 수충정난정국공신(輸忠定難靖國功臣)의 호를 받았으며 인종 23년(1145)에 『삼국사기』를 편찬하였다.

김활란(金活蘭) 1899~1970. 여성 운동가·교육자. 1945년부터 1961년까지 이화여자 대학교 총장을 지냈고, 많은 여성 사회 단체에서 여성들을 위해 활동하였다.

ㄱ ㄴ ㄷ ㄹ ㅁ ㅂ ㅅ ㅇ ㅈ ㅊ ㅋ ㅌ ㅍ ㅎ

나타(懶惰) 나태(懶怠). 행동, 성격 따위가 느리고 게으름.

남새 무, 배추 따위와 같이 심어 가꾸는 푸성귀.

노아(Noah) 구약 성경 창세기에 나오는 대홍수 이야기의 주인공.

농투성이 농부.

뇌하수체(腦下垂體) 대뇌 아래쪽에 있는 콩만한 크기의 내분비샘.

누가(Luke) 누가복음, 사도행전의 저자. 그리스의 의사로, 바울과 동행하여 여러 차례에 걸친 전도 여행을 하였다.

누가복음(Luke福音) 신약 성경의 세번째 복음서. 바울과 행동을 같이하였던 의사 누가의 저술로, 예수의 행적과 가르침과 치유 사건에 대한 기사들이 많이 실려 있으며, 이방인을 위한 복음으로 유명하다.

능소능대(能小能大) 모든 일에 두루 능함.

ㄱ ㄴ ㄷ ㄹ ㅁ ㅂ ㅅ ㅇ ㅈ ㅊ ㅋ ㅌ ㅍ ㅎ

달란트(talent) 유대의 화폐 단위.

당골 '무당'의 방언.

대자대비(大慈大悲) 넓고 커서 끝이 없는 부처와 보살의 자비. 특히 관세음보살이 중생을 사랑하고 불쌍히 여기는 마음을 이른다.

데나리온(denarius) 신약 성경에 나오는 고대 로마의 은화.

도스토예프스키(Dostoevskii, Fyodor Mikhailovich) 1821~1881. 제정 러시아의 소설가. 19세기 러시아 리얼리즘 문학의 대표자로, 잡지『시대』와『세기』를 간행하면서 문단에 확고한 터전을 잡았다. 인간 심리의 내면에 깃들인 병적이고 모순된 세계를 밀도 있게 해부하여 현대 소설에 막대한 영향을 끼쳤다. 작품으로 『가난한 사람들』,『죄와 벌』,『카라마조프의 형제들』따위가 있다.

『돌베개』 일제 시대 스물네 살의 나이로 일본군 징병으로 중국에 끌려간 장준하가 일본군 부대를 탈출하여 임시 정부에서 광복군으로 활동하던 2년간의 시기를 회상하며 쓴 자서전.

동상이몽(同床異夢) 같은 자리에 자면서 다른 꿈을 꾼다는 뜻으로, 겉으로는 같이 행동하면서도 속으로는 각각 딴생각을 하고 있음을 이르는 말.

동주 → 윤동주(尹東柱)

뒤채다 몸이나 몸체를 세게 뒤치다.

ㄱ ㄴ ㄷ **ㄹ** ㅁ ㅂ ㅅ ㅇ ㅈ ㅊ ㅋ ㅌ ㅍ ㅎ

레닌(Lenin, Nikolai) 1870~1924. 구소련의 혁명가·정치가. 소련 공산당 창시자. 1917년 러시아 혁명을 주도하여 프롤레타리아 독재하의 소비에트 사회주의 공화국을 건설하였다. 마르크스주의를 제국주의와 프롤레타리아 혁명에 관한 이론으로 발전시켜 국제적 혁명 운동에 깊은 영향을 주었다. 저서에『국가와 혁명』, 『제국주의론』,『유물론과 경험 비판론』따위가 있다.

레위 인(Levites) 구약 성경에 나오는 야곱의 셋째 아들인 레위의 직계 자손들.

루피(rupee) 인도, 파키스탄, 스리랑카, 네팔 따위의 화폐 단위.

마가복음(Mark福音) 마가가 쓴 신약 성경의 한 편. 가장 오래된 복음서로서 예수의 세례에서 수난, 부활에 이르는 생애가 기록되어 있다.

마르크시즘(Marxism) → **마르크스주의** 마르크스와 엥겔스가 확립한 혁명적 사회주의 이론. 자본주의 사회에 내재된 생산력과 생산 관계의 모순을 극복하기 위해서는 프롤레타리아 혁명을 통해 사회주의 사회로 이행해야 한다는 이론.

막사이사이 상(Magsaysay prizes) 필리핀의 대통령이었던 막사이사이의 업적을 추모, 기념하기 위하여 재정한 국제적인 상. 해마다 정부 공무원, 공공 봉사, 사회 지도, 국제 이해 증진, 언론 문화 5개 분야에 걸쳐 시상한다.

만고(萬古) 한없이 오랜 세월.

만신 무녀(巫女)를 높여 이르는 말.

명국(名局) 장기, 바둑 따위의 뛰어난 대전(對戰).

모세(Moses) 기원전 13세기경에 이스라엘 민족을 이집트의 노예 상태에서 해방시킨 인물. 시내 산에서 십계를 비롯한 신의 율법을 받아 이스라엘 민족에게 전함으로써 이스라엘의 종교적이고 세속적인 전통을 확립하였다.

몰트만(J. Moltamann) '희망의 신학'을 제창한 독일의 신학자.

몽그르는 방울방울 맺히는.

문익점(文益漸) 1329~1398. 고려 말기의 문신. 호는 삼우당(三憂堂). 자는 일신(日新). 사신으로 중국 원나라에 들어가 덕흥군(德興君)을 왕으로 내세우는 일에 가담하였으나 실패하고, 돌아올 때 목화씨를 붓자루 속에 넣어 가지고 와서 심어 우리 나라에 처음으로 목화를 번식시켰다.

뭇사람 많은 사람. 또는 여러 사람.

미디안(Midian) 구약 성경에 등장하는 인명, 민족명, 지명. 구약 성경에서 미디안은 시대별로 먼저 사람으로 언급되기 시작하여 민족명으로 발전되었고, 나중에는 지역명으로 정착되었다. 이스라엘 왕정 시대에 미디안은 요르단 건너편 남쪽을 지칭하는 지역명으로 정착되었다.

미명(美名) 그럴듯하게 내세운 명목이나 명칭.

미쁘다 믿음성이 있다.

바울(Paul) 기독교 최초의 전도자. 열렬한 유대교도로서, 기독교도를 박해하러 가다가 다메섹에서 예수의 음성을 듣고 믿음을 바꾸어 전 생애를 전도에 힘쓰고 각지에 교회를 세웠다. 로마서, 고린도서, 갈라디아서 따위를 썼다.

박성철(朴成哲) 1912~. 북한의 정치가. 1972년 7·4 남북공동성명 발표를 앞두고 한국을 비공식 방문하였으며, 공동성명 이후 1972년 10월에 열린 남북조절위원회 회의 때 북한측 위원장 대리로 활동했다.

「반야경」(般若經) 반야바라밀을 교설한 여러 경전을 통틀어 이르는 말.

반집(半-) 바둑에서, 비기는 일을 없애기 위하여 덤을 '넉 집 반' 또는 '다섯 집 반'으로 규정함으로써 생기는 계산상의 집.

방성구(防聲具) 재갈.

방우 '바위'의 방언.

방조죄(傍助罪) 남의 범죄 행위를 도움으로써 성립하는 범죄.

배은망덕(背恩忘德) 남에게 입은 은덕을 저버리고 배신함. 또는 그런 태도가 있음.

백수(白壽) 아흔아홉 살.

베드로(Petrus) 예수의 열두 제자 가운데 제1인자. 예수의 승천 후 예루살렘 교회의 기초를 굳히고 복음 선교에 전력하였으며, 나중에 로마에서 네로의 박해로 순교하였다고 전한다.

베드로전서(Petrus前書) 신약 성경의 한 편. 일반 교회에 보내는 편지로, 고통을 당하는 신자를 격려하고, 신자가 박해에 대하여 취할 신앙과 희망을 가르치는 내용이 들어 있다.

병구완 앓는 사람을 잘 돌보아 주는 일.

본령(本領) 본래의 특질 또는 특성.

본말(本末) 사물이나 일의 처음과 끝. 또는 사물이나 일의 중요한 부분과 중요하지 않은 부분.

본회퍼(Bonhoeffer, Dietrich) 1906~1945. 독일의 신학자. 제2차 세계대전 중에 히틀러 타도 계획을 세우는 등 나치스에 저항하다가 사형당했다. 저서로는

『신종』(信從), 『사귀는 생활』 따위가 있다.

볼셰비키 혁명 1917년 10월 러시아에서 일어난 프롤레타리아 혁명.

부시(Bush, George Herbert Walker) 1924~. 미국의 제41대 대통령(재임 1989~1992).

부지하세월(不知何歲月) 시간이 하염없이 흘러가다.

분루 분하여 흘리는 눈물.

불계승(不計勝) 바둑에서, 집 수의 차가 많은 것이 뚜렷하여 계산할 필요도 없이 이김.

불계패(不計敗) 바둑에서, 집 수의 차가 많은 것이 뚜렷하여 계산할 필요도 없이 짐.

비나리 마당굿에서 곡식과 돈을 상 위에 받아 놓고 외는 고사 문서. 또는 그것을 외는 사람.

비정(非情) 따뜻한 정이나 인간미가 없음.

빌립보서(Philippi書) 신약 성경의 한 편. 사도 바울이 로마의 감옥에서 빌립보 교회에 보낸 편지.

ㄱ ㄴ ㄷ ㄹ ㅁ ㅂ **ㅅ** ㅇ ㅈ ㅊ ㅋ ㅌ ㅍ ㅎ

사고(四苦) 인생의 네 가지 고통. 나는 것, 늙는 것, 병드는 것, 죽는 것을 이른다.

사도 요한(←Johannes) 십이 사도의 한 사람. 갈릴리의 어부의 아들로, 베드로 다음가는 예수의 애제자였다. 요한서한, 요한복음, 요한계시록을 지었다고 한다.

사마리아 인(Samaria人) 팔레스타인의 사마리아 부근에 살던 민족. 종교적인 차이로 유대인에게 이방인으로 배척을 받았다.

사무사하다 마음이 올바르며 조금도 그릇됨이 없다.

『사상계』 1953년 4월 장준하가 창간한 월간 종합교양지. 정치, 경제, 문화, 사회, 철학, 문학 따위의 여러 방면에 걸친 권위 있는 글을 수록하였으며, 신인 문학상과 동인 문학상을 제정하였다. 1970년에 폐간되었다.

사상의학(四象醫學) 이제마(李濟馬)가 주창한 한의학의 한 학설. 사람의 체질을 태양(太陽), 태음(太陰), 소양(少陽), 소음(少陰)으로 나누어, 같은 병이라도 체질에 따라 다른 약을 써야 한다는 이론이다.

사특하다(邪慝 —) 요사스럽고 간특하다.

산업 선교(産業宣敎) 현대 산업 사회에서 일어나는 사회 문제에 적극적으로 응답하고, 그 사회 구조를 합리적으로 개선하기 위해 시도하는 교회의 선교.

삼동(三冬) 겨울의 석 달.

삼라만상(森羅萬象) 우주에 존재하는 온갖 사물과 모든 현상.

3·1 민주구국선언 → 3·1 민주선언(三一民主宣言) 1976년 3월 1일 명동성당에서 개최된 3·1절 기념 미사와 기도회에서 윤보선, 김대중, 함석헌 등 각계각층의 지도급 인사들이 발표한 민주구국선언. 이 사건으로 윤보선, 김대중, 함석헌, 문익환 등 모두 18명이 기소되었고, 관련자 전원에게 실형이 선고되었다. 사회의 지도급 인사들이 유신체제에 대한 거부와 항의를 나타내었다는 점에서 그 의의가 크다.

색즉시공(色卽是空) 불교에서, 현실의 물질적 존재는 모두 인연에 따라 만들어진 것으로서 불변하는 고유의 존재성이 없음을 이르는 말. 반야심경에 나오는 말이다.

성부(聖父) 성삼위(聖三位) 중의 하나인 하나님을 이르는 말.

성소(聖所) 구약 시대에 제사장이 하나님에게 제물을 바치고 의식을 베풀던 곳.

성자(聖子) 성삼위 중의 하나인 예수 그리스도를 이르는 말.

세겔(Sheqel) 이스라엘의 화폐 단위.

세례 요한(Johannes) 신약 성경에 나오는 인물. 유대인 제사장의 아들로 태어나 요단 강가에서 예언 활동을 하였으며, 예수에게 세례를 주었다.

세진 → 김세진 1986년 반미를 외치며 분신 자살한 서울대생.

소담스럽다 생김새가 탐스러운 데가 있다.

소제(掃除) 먼지나 더러운 것 따위를 떨고 쓸고 닦아서 깨끗이 함.

소출(所出) 논밭에서 생산되는 곡식, 또는 그 곡식의 양.

시몬(Simon) 십이 사도의 한 사람. 본디 갈릴리 사람으로, 가나안의 시몬 또는 셀롯이라 불리었으며 십자가에 못 박혀 순교(殉敎)하였다고 한다.

시편(詩篇) 150편의 종교시(宗敎詩)를 모은 구약 성경의 한 편. 모세, 다윗, 솔로

몬, 에스라 등의 작품으로 이루어져 있으며, 신의 은혜에 대한 찬미와 메시아에 관한 예언적 내용을 다루고 있다.

신성불가침(神聖不可侵) 매우 거룩하고 성스러워 함부로 침범할 수 없음.

심연(深淵) 헤아리기 어려운 깊은 구렁을 비유하여 이르는 말.

십계명(十誡命) 하나님이 시내 산에서 모세를 통하여 이스라엘 백성에게 내렸다고 하는 열 가지 계율.

ㄱ ㄴ ㄷ ㄹ ㅁ ㅂ ㅅ **ㅇ** ㅈ ㅊ ㅋ ㅌ ㅍ ㅎ

아담(Adam) 구약 성경에 나오는 인류의 시조. 하나님이 자기 형상대로 흙으로 만들었다는 남자로, 뱀의 유혹을 받은 아내 하와의 권유로 금단의 열매를 따 먹고 에덴동산에서 쫓겨났다.

아모스(Amos) B.C.750년경 이스라엘의 예언자이자 구약 성경 아모스서의 필자.

아브라함(Abraham) 구약 성경 창세기에 나오는 이스라엘 민족의 시조. 하나님의 부름으로 자기 아들 이삭을 제물로 바칠 만큼 신앙이 두터워, 바울은 신앙의 아버지로 숭상하였다.

안식년(安息年) 레위기에 나오는 희년법(禧年法)에 근거하여 유대 사람이 7년마다 1년씩 쉬는 해.

애치슨(Acheson, Dean Gooderham) 1893~1971. 미국의 정치가. 국무 장관을 지냈으며, 나토를 창설했다. 6·25 전쟁, 대일 강화 조약 따위에 관여하였다.

어거스틴 고대 로마의 성자. 희랍 철학과 유대교적 전통 그리고 기독교 신앙을 잘 종합한 사람으로 120권의 저술과 269편의 서신을 남겨 서양 신학, 철학, 역사, 정치 사상에 지대한 영향을 미쳤다.

언도(言渡) 재판장이 판결을 알림.

엇먹다 사리에 맞지 않는 말과 행동으로 비꼬다.

에베소서(Ephesus書) 사도 바울이 쓴, 신약 성경의 한 권. 사도 바울이 에페수스 교회에 보낸 편지로서 기독론과 교회론을 전개하였다.

엑스터시(ecstasy) 감정이 고조되어 자기 자신을 잊고 도취 상태가 되는 현상.

엘리야(Elijah) 이스라엘 왕국 초기의 예언자. 여호와의 유일함을 선언하였으며 유대인에게 구세주 재림의 선구자로 간주된다.

여운형(呂運亨) 1886~1947. 독립 운동가·언론가·정치가. 호는 몽양(夢陽). 대한 민국 임시 정부 조직에 참가하였으며, 조선중앙일보사 초대 사장을 지냈다. 광복 후에는 건국 준비 위원회 위원장에 취임하여 좌우익의 합작을 추진하다가 1947 년에 암살당하였다.

여호수아(Jehoshua) 모세의 후계자. 이스라엘 사람들을 거느리고 가나안 땅으로 들어간 지도자로, 구약 성경 여호수아서의 주인공이다.

연목구어(緣木求魚) 나무에 올라가서 물고기를 구한다는 뜻으로, 도저히 불가능한 일을 굳이 하려 함을 비유적으로 이르는 말.

열반(涅槃) 일체의 번뇌에서 해탈한 불생불멸(不生不滅)의 높은 경지.

영달(榮達) 지위가 높고 귀하게 됨.

영생(永生) 영원한 생명. 또는 영원히 삶. 기독교에서 예수를 믿고 그 가르침을 행함으로써 천국에서 영원히 삶.

영세무궁하다(永世無窮 ―) 영원하도록 길고 한없이 오래다.

오롱이조롱이 오롱조롱하게 제각기 달리 생긴 여럿을 이르는 말.

외화(外華) 겉모양이 화려한 꾸밈새.

요한복음(Johannes福音) 신약 성경 가운데 가장 늦게 씌어진 요한의 글. 90년경 소아시아에서 지은 것으로 예수의 수난과 부활 따위를 소개하고 있다.

운지법(運指法) 악기를 연주할 때에 손가락을 쓰는 방법.

움 풀이나 나무에 새로 돋아 나오는 싹.

유다(Judas) 십이 사도의 한 사람. 예수를 제사장들에게 은화 30냥에 팔아넘겼으나, 뒤에 예수가 재판에서 사형을 선고받자 후회하여 자살하였다.

유미주의(唯美主義) 탐미주의(耽美主義). 아름다움을 최고의 가치로 여겨 이를 추구하는 문예 사조. 19세기 후반 영국을 비롯한 유럽에서 나타났으며, 보들레르, 와일드 등이 대표적 인물이다.

유아독존(唯我獨尊) 세상에서 자기 혼자 잘났다고 뽐내는 태도.

윤동주(尹東柱) 1917~1945. 시인. 북간도에서 출생하였으며, 연희 전문학교를 거쳐 일본에 유학한 후 1943년에 독립 운동 혐의로 일본 경찰에 검거되어 규슈 후쿠오카 형무소에서 옥사하였다. 광복 후 그의 유고를 모은 시집 『하늘과 바람과 별과 시』가 발간되었다.

의기(義氣) 정의감에서 우러나오는 기개.

이동휘(李東輝) 1873~1935. 독립 운동가. 호는 성재(誠齋). 대한제국 육군 참령(參領)을 지냈다. 신민회 조직에 참여하였으며, 1920년에 대한민국 임시 정부 국무총리에 취임하였으나, 이 무렵 공산당으로 전향하여 소련으로부터 받은 독립 운동 자금을 고려공산당 조직 기금으로 유용하여 사임했다.

이사야 → 이사야서(Isaiah書) 구약 성경의 한 편. 유대의 선지자 이사야가 기록한 예언서라고 하는데, 이스라엘 및 여러 국가에 대한 예언과 여호와의 승리를 말하고 있다.

이삭(Isaac) 구약 성경에 나오는 아브라함의 아들. 야곱의 아버지이다.

이우정(李愚貞) 1923~2002. 여성 노동 운동가·정치인. 한국 신소설의 개척자인 이해조의 친손녀. 1986년에 한국여성단체연합을 창설하여 '부천경찰서 성고문 사건'을 파헤치는 등 여성 노동자를 위해 활동했다.

이제마(李濟馬) 1838~1900. 조선 후기의 한의학자. 호는 동무(東武). 의학을 임상학적인 방법으로 체계화하여 수세보원(壽世保元)의 학설을 창안하고 사상의학의 시조가 되었다. 저서에는 『격치고』(格致藁), 『동의수세보원』(東醫壽世保元) 따위가 있다.

이태영(李兌榮) 1914~1998. 변호사·여성 운동가. 한국 최초의 여성 변호사이다. 한국가정법률상담소를 세우고 여성에 대한 불평등과 인습에 맞서 싸운 인물로 유명하다. 여성 해방 운동과 민주화 운동 등에 헌신한 공로로 1975년 막사이사이 상(사회 지도 부문)을 수상했다.

인사연 유명 인사나 된 듯이 뽐내고 다니다.

일소(一消) 모조리 지워짐. 또는 모조리 지움.

입적(入寂) 불교에서 수도승의 죽음을 이르는 말.

장준하(張俊河) 1915~1975. 언론인·정치인. 일제 강점기에 학도병으로 나갔다가 탈주하여 광복군에 편입하고, 임시 정부 주석의 비서가 되었다. 8·15 광복 후 잡지 『사상계』를 창간, 민주화 운동, 통일 운동을 전개하였다. 1962년 막사이사이 상(언론 부문)을 수상하였으며, 국회의원과 통일당 최고 위원을 지냈다. 1975년 의문사로 사망했다.

재간(才幹) 어떤 일을 할 수 있는 재주와 솜씨.

저간(這間) 요즈음.

전권(全權) 맡겨진 일을 책임지고 처리할 수 있는 일체의 권한.

전태일(全泰壹) 1948~1970. 1970년 11월 평화시장 재단사로 일하다가 열악한 노동 환경의 개선을 요구하며 온몸에 휘발유를 뿌리고 분신 자살한 노동자.

절명(絶命) 목숨이 끊어짐. 죽음.

정기(正氣) 지극히 크고 바르고 공명한 천지의 원기(元氣).

정지용(鄭芝溶) 1903~?. 시인. 섬세하고 독특한 언어로 대상을 청신하게 묘사함으로써 한국 현대시의 새로운 국면을 개척하였다. 저서에 시집 『백록담』, 『정지용 시집』, 산문집 『문학 독본』 따위가 있다.

주석(註釋) 낱말이나 문장의 뜻을 쉽게 풀이함. 또는 그런 글.

「죽음의 집의 기록」 도스토예프스키의 장편 소설. 아내를 죽인 남자의 수기 형식으로 씌어졌다.

중공(中共) 중화인민공화국을 줄여 이르는 말.

지성소(至聖所) 구약 시대에 신전이나 막 안의, 하나님이 있는 가장 신성한 곳.

진갑(進甲) 환갑의 이듬해 또는 그해의 생일.

진언(進言) 윗사람에게 자기의 의견을 말함. 또는 그런 말.

진정(眞正) 거짓이 없이 참으로.

징구덩 진구덩이.

쪼깐이 '계집애'의 방언.

창기(娼妓) 몸을 파는 천한 기생.

창세기(創世記) 구약 성경의 첫째 권. 50장으로 구성되어 있으며, 천지 창조의 시
작, 죄의 기원, 낙원 상실, 이스라엘 족장들의 생애 따위가 수록되어 있다.

창해(滄海) 넓고 푸른 바다.

천덕구니 천덕꾸러기. 남에게 천대를 받는 사람이나 물건.

천명(天命) 하늘의 명령.

천부(天賦) 하늘이 주었다는 뜻으로, 타고날 때부터 지님.

천상천하(天上天下) 하늘 위와 하늘 아래라는 뜻으로, 온 세상을 이르는 말.

천애(天涯) 하늘의 끝. 이승에 살아 있는 핏줄이나 부모가 없음을 이르는 말.

초지일관(初志一貫) 처음에 세운 뜻을 이루려고 끝까지 밀고 나감.

추체험(追體驗) 다른 사람의 체험을 마치 스스로가 체험한 듯이 느끼는 일.

출중하다(出衆 ―) 여러 사람 가운데서 특별히 두드러지다.

치부(恥部) 남에게 드러내고 싶지 아니한 부끄러운 부분.

7·4 남북공동성명 1972년에 평양과 서울에서 남북 고위 정치 협상으로 작성되어
같은 해 7월 4일 서울과 평양에서 동시에 발표한 성명. 자주적 해결, 평화적 방법
으로 통일 실현, 민족적 대단결 도모, 중상 비방 무력 도발 군사적 충돌 방지, 남
북 적십자 회담 성사, 서울과 평양 간의 직통전화 가설, 남북 조절 위원회 구성 등
이 언급되었다.

케일(kale) 양배추의 원종.

키에르케고르(Sen Aabye Kierkegaard) 1813~1855. 덴마크의 철학자. 현대
그리스도교 사상과 실존 사상의 선구자. 저서로는 『죽음에 이르는 병』, 『이것이

냐 저것이냐』 따위가 있다.

테야르(Teilhard de Chardin, Pierre) 1881~1955. 프랑스의 가톨릭계 신학자·철학자·인류학자. 많은 저서를 통하여 생물학, 인류학에 입각한 철학 사상을 연구했으며 '진화자로서의 그리스도' 이론을 주장하였다.

통탄(痛歎) 몹시 탄식함. 또는 그런 탄식.

티우(Nguyen Van Thieu) 1923~2001. 베트남의 군인·정치가. 1967년 대통령으로 당선되어 장기 집권과 독재로 권력을 누리다가 1975년 4월 사이공을 떠나 타이완으로 망명하였다가 영국에 정착하였다.

파송(派送) 파견(派遣). 일정한 임무를 주어 사람을 보냄.

포드(Ford Jr., Gerald Rudolph) 1913~. 미국의 정치가. 미국 제38대 대통령(재임 1974~1977).

프롤레타리아의 독재 노동자 계급이 혁명을 통하여 부르주아 정치 권력을 무너뜨리고 수립하는 정치적 지배 권력.

────── ㄱ ㄴ ㄷ ㄹ ㅁ ㅂ ㅅ ㅇ ㅈ ㅊ ㅋ ㅌ ㅍ **ㅎ** ──────

하와(Hawwāh) 하나님이 아담의 갈빗대 하나를 뽑아 만든 최초의 여자. 뱀의 유혹으로 선악과를 따 먹어 남편 아담과 함께 에덴 동산에서 추방당하였다. 이브(Eve).

하지(夏至) 이십사 절기의 하나. 양력 6월 21일경으로, 북반구에서는 낮이 가장 길고 밤이 가장 짧다.

한용운(韓龍雲) 1879~1944. 승려·시인·독립 운동가. 아명은 유천(裕天). 법호는 만해(萬海). 법명은 용운. 3·1 운동 때 민족 대표 33인 가운데 한 사람이다. 저서로는 『조선 독립의 서(書)』, 『조선 불교 유신론』, 시집 『님의 침묵』, 소설 『흑방 비곡』 따위가 있다.

합장(合掌) 두 손바닥을 합하여 마음이 한결같음을 나타냄. 또는 그런 예법.

해갈(解渴) 비가 내리거나 하여 가뭄을 면함.

헤게모니(Hegemonie) 우두머리 자리에서 전체를 이끌거나 주동할 수 있는 권력. 주도권.

헬라(Hellas) 그리스를 성경에서 부르는 이름.

현기(眩氣) 어지러운 기운.

호세아(Hosea) 기원전 8세기 무렵의 이스라엘 선지자. 구약 성경 가운데 호세아서를 기록하였다.

화등잔(華燈盞) 꽃무늬로 장식된 화려한 등잔.

환골탈태(換骨奪胎) 뼈를 바꾸고 태(胎)를 빼앗는다는 뜻에서 선인의 시(詩)나 문장을 살리되, 자기 나름의 새로움을 보태어 자기 작품으로 삼는 일. 얼굴이나 모습이 이전에 비하여 몰라보게 좋아졌음을 비유하여 이르는 말.

황감(惶感) 황송하고 감격스러움.

회심(回心) 일반적으로는 정신적 혁신 내지는 전회(轉回)를 뜻하고, 신학적으로는 반대의 길을 걷다가 신과 신의 법에 따르기로 마음을 바꾸는 일.

회의(懷疑) 의심을 품음. 또는 마음속에 품고 있는 의심.

회칠(灰漆) 석회를 바르는 일.

후광(後廣) → 김대중(金大中) 1925~. 정치가, 제15대 대통령(재임 1998~2003). 호는 후광. 2000년 노벨평화상 수상.

히브리 → 헤브라이(Hebrew) 헤브라이어의 이브리(ibri: 건너온 사람들의 뜻)에서 유래한 말. 원래 외국인들이 유대인을 멸시하여 부른 말, 또는 사회적으로 신분이 낮은 사람들, 예컨대 노예 계층 사람들을 가리킨 말이었다. 유대교와 같이 쓰이는 경우에는 포수기 이전의 이스라엘 민족을 가리킨다.

히브리 인 기원전 14세기부터 기원전 13세기 사이에 메소포타미아에서 팔레스타인으로 옮겨와 살던 고대 유목 민족.

통일의 꿈을 실천한 목자 늦봄 문익환

망국의 한이 서린 북간도

문익환은 1918년 6월 초하루 문재린 목사와 김신묵 권사의 맏아들로 북간도
에서 태어났습니다. 북간도는 간도 또는 간토라고도 하는데, 중국 만주의 동
북 지방 가운데 길림성을 중심으로 한 요동성, 흑룡강성 일대로서 한민족의
거주 지역을 말합니다. 우리 민족은 한일합방을 전후로 망국의 설움을 안고
독립 운동을 하거나 먹고살 길을 찾아 만주로 이주하였습니다.

　본래 전라도 지방 출신인 문익환의 선대는 1894년 갑오농민전쟁에 연루
되어 신변이 위험해지자 고향을 떠나 함경도로 도피하였다가, 1899년에 이
웃들과 함께 두만강을 건너 북간도로 건너갔다고 합니다. 그들은 용정 부근
의 명동촌에 모여 땅을 사고 신식 학교를 세웠습니다. 그래서 북간도의 명동
은 항일 민족정신이 강한 고장으로 이름이 나 있었다고 합니다.

민족주의와 기독교 사상의 만남

명동의 민족주의자들은 교육이야말로 독립으로 가는 지름길이라고 생각하여 1908년 명동의숙을 세웁니다. 그들은 신학문을 가르치기 위해 평양의 숭실학교를 나온 정재면 선생을 초빙했습니다. 그런데 그는 선생으로 부임하는 조건으로 마을의 어르신들에게 기독교로 개종할 것을 내걸었습니다. 이것은 당시 유학자들에게 적지 않은 파란을 불러일으켰습니다. 하지만 민족의 정신적 구심으로서 기독교를 수용해야 한다는 정재면의 끈질긴 설득은 마침내 받아들여졌습니다. 때마침 부흥 전도사로 이 마을에 들른 유력한 독립 운동가 이동휘의 영향도 있었다고 하는군요. 이리하여 명동은 한울과 한마음이라는 민족 공동체를 지향하는 기독교 정신을 수용하였고, 뜻하지 않게 명동의숙은 기독교 전파의 기지가 되었던 것입니다.

문익환의 부친 문재린 목사는 명동이 배출한 목사 제1호였습니다. 이렇게 보면 문익환에게 기독교란 다만 서양에서 전래된 외래 종교가 아니라는 것을 알 수 있습니다. 그를 사로잡은 기독교 신앙은 핍박받는 민족의 처지를 통감하고 독립을 절실히 갈구하는 민족주의자들의 사상적 지주로서의 성격이 강했습니다.

신사참배와 학도병을 거부하고 목회자의 길로

문익환은 1931년 명동소학교를 졸업하고 은진중학교에 진학하지만, 1932년 평양의 명문인 숭실중학교로 전학을 갑니다. 그런데 마침 때는 일본이 만주사변을 일으켜서 바야흐로 전시 체제로 돌입하고 있었습니다. 일본 제국주의는 군국주의에 박차를 가하여 조선에 신사참배를 강요하기에 이르렀습니다. 문익환은 숭실학교에서 신사참배에 앞장서는 친일 기독교 인사를 보고 분노 했습니다. 하나님을 섬기는 기독교인이 신사참배라니! 그는 신사참배를 거부 하던 학교가 일제에 의해 접수되자 친구 윤동주와 함께 학교 문을 박차고 나 와서 용정의 광명중학교로 옮겨, 1937년에 중학교를 졸업합니다.

목사가 되기로 결심한 그는 1938년 도쿄에 있는 일본신학교로 유학을 갔 다가 1943년에 다시 만주로 돌아오는데, 이번에는 학도병 소집에 휘말리게 됩니다. 일본 제국주의를 위해 싸울 수 없었던 그는 학도병을 거부하고 전도 사가 됩니다. 이리하여 파란 많은 학창 시절을 거쳐 그는 겨우 목회자의 길 로 들어섭니다.

성서 속에서 민족의 수난을 읽어 내다

문익환은 해방 이후인 1947년에 한국신학대학을 졸업하면서 목사 안수를 받 습니다. 드디어 목사가 되는 꿈을 이룬 것입니다. 하지만 그는 여기에 만족 하지 않고 신학을 더욱 깊이 있게 연구하기 위해 1949년 미국으로 건너갑니 다. 그런데 프린스턴 신학대학에서 면학에 힘쓰고 있을 때, 이번에는 민족의 비극인 6·25 전쟁이 터집니다. 먼 이국의 땅에서 조국의 수난을 구경만 할 수 없었던 문익환은 UN군에 자원하여 도쿄의 UN군 사령부에서 통역관으로 근무합니다. 이때의 체험으로 그는 약소국의 비애와 우리의 비극적 역사를 뼈저리게 느꼈다고 합니다.

전쟁이 끝나자 그는 다시 미국으로 건너가서 1954년에 신학 석사학위를 받습니다. 이때 이미 문익환은 호근, 영금, 의근, 성근을 슬하에 둔 네 아이의 아버지였으니 꽤 만학인 편입니다. 영어와 히브리어에 능통한 문익환은 한국 신학대학과 연세대학에서 구약학을 강의하는 한편, 공동 성서를 우리말로 번역하는 데 혼신의 힘을 쏟았습니다. 이후 민주화 투쟁에 투신함으로써 신교와 구교의 성서 공동 번역 작업을 자신의 손으로 완성하지 못했지만, 그에게 성서를 연구하고 번역하는 일은 바로 우리 민족의 역사를 읽어 내는 일이었다는 것을 우리는 그의 삶을 통해 충분히 알 수 있습니다.

윤동주의 슬픔을 평생 가슴에 안고

문익환이 평생 가슴에 품고 변치 않는 경애의 마음으로 뒤를 좇았던 인물은 바로 명동 시절 어릴 적 친구이자 불후의 시인인 윤동주입니다. 일본의 후쿠오카 감옥에서 스물아홉에 옥사한 윤동주의 고귀한 삶과 뜻은 언제나 그의 가슴속에 살아 숨 쉬고 있었습니다. "동주 형은 갔다. 못난 나는 지금 그의 추억을 쓴다. 그의 추억을 쓰는 것으로 나의 인생은 맑아 간다. 그만큼 그의 인생은 깨끗했던 것이다." 이렇듯 민족의 슬픈 운명을 짊어진 윤동주가 미처 못다한 삶을 그는 한시도 잊지 않았습니다.

그것은 한편으로 손바닥 발바닥으로 자신의 감성을 닦았던 윤동주의 시심을 언제나 동경해 마지않았던 까닭이기도 합니다. 시로 씌어진 구약의 시편을 번역하기 위해 시를 공부하고 창작하기 시작한 그는 마침내 시인이 되고팠던 꿈을 이루었습니다.

전태일의 산화를 통해 영원한 청년이 되다

구약 신학자로 활동하던 문익환은 1970년 전태일의 죽음을 만나게 됩니다. 스무 살의 청년 전태일이 근로기준법을 옆구리에 끼고 "우리는 기계가 아니다! 근로기준법을 지켜라!" 하고 외치며 자기 몸에 불을 질렀다는 소식을 들은 그는 한걸음에 병원으로 달려갔습니다. 불타 버린 청년의 서러운 몸뚱이에는 마치 민족의 수난이 낙인처럼 흉측한 상처로 새겨져 있었습니다. 문익환은 불에 타 녹아 버린 몸뚱이를 보고 민족의 수난은 남북 분단뿐만 아니라 이념, 종교, 출신 지역, 나이, 성별 같은 것에 의한 차별과 대립에서도 온다는 것을 절실하게 깨닫습니다. 나아가 노동자의 힘겨운 삶이 곧 강대국 사이에서 짓밟히고 억압당하는 이 민족의 모순임을 느낍니다. 그래서 그는 이러한 모순을 끝장내기 위해서 진정한 통일의 길로 수렴되어야 한다고 생각합니다.

"전태일 아닌 것들아 / 다들 물러가거라 / 눈물 아닌 것 아픔 아닌 것 절망 아닌 것 / 모든 허접 쓰레기들아 모든 거짓들아 / 당장 물러들 가거라 / 온 강산이 한바탕 큰 울음 터뜨리게." 문익환은 전태일을 통하여 이 민족의 희망이 다시 살아날 수 있다고 믿게 됩니다. 그리고 그 믿음으로 그는 영원한 청년이 되어 민중의 투쟁이 벌어지는 곳이라면 가리지 않고, 자신을 필요로 하고 불러 주는 곳은 어디라도 발벗고 달려갔던 것입니다.

장준하의 뜻을 이어 민주화 운동에 뛰어들다

비록 현실 비판적이고 역사 의식이 투철했을망정 신학자의 자리를 듬직하게 지키던 문익환이 비로소 온몸을 민주화 운동에 던져 넣었으니, 장준하의 죽음이 없었던들 그런 일이 일어나지 않았을지도 모릅니다. 과연 장준하는 쉰여덟 나이의 노장을 숱하게 감방에 드나들도록 이끈 사람입니다. 그는 일제시대 학도병으로 나갔다가 일본군 병영을 탈출하여 광복군과 임시 정부에서 활약한 바 있는 혈기 왕성한 독립 운동가이기도 했습니다. 해방 후 장준하는 1953년 『사상계』라는 잡지를 창간하여 1970년대까지 줄곧 언론인, 정치인으로서 민주화 운동을 주도하였습니다. 그러나 1975년 등산길에서 의문의 죽음을 당하고 맙니다.

안타까운 후배의 죽음을 목도한 그는 "네 몸은 땅으로 돌리지만 네 뜨거운 마음과 큰뜻은 묻을 수가 없다. 그건 내가 있는 힘을 다해서 살려 줄게" 하는 다짐을 하며, 마침내 민주화 운동에 뛰어들었던 것입니다.

감옥을 내 집처럼

문익환은 쉰여덟부터 1994년 1월 18일 영면에 들기까지 노년 인생의 절반 이상을 감옥에서 보냈습니다. 여섯 번에 걸친 투옥으로 12년이 넘는 오랜 시간을 감옥에 갇혀 보낸 것입니다. 그가 처음으로 감옥에 발을 디딘 것은 1976년 봄, 이른바 3·1 민주구국선언 사건의 주동자로서 체포되었을 때입니다. 그 뒤에도 1978년 긴급조치 9호 위반, 1980년 김대중 내란 음모 사건, 1985년 집회와 시위에 관한 법률 위반, 1989년 평양 방문 등으로 투옥되었습니다.

그는 형집행 정지 상태에서도 재수감을 두려워하지 않고 바른 말을 참지 않았고, 감옥에서는 '나라와 민족의 장래를 위한 옥중 단식'을 비롯하여 목숨을 건 단식 투쟁을 몇 차례나 단행하였습니다. 그는 천성이 순수하고 낙천적일 뿐 아니라 타인에 대한 깊은 애정과 배려를 베풀어 주위 사람들은 물론 담당 형사와 간수까지도 감동시키곤 하였으며, 출옥하면서도 뒤에 남겨 놓은 재소자 때문에 가슴앓이를 하였습니다. 이렇게 문익환은 감옥을 제 집처럼 드나들면서도 언제나 기꺼운 마음으로 감옥에 들어가기를 주저하지 않았습니다.

모든 갈라진 것을 하나로 만드는 통일

문익환에게 통일 운동은 무엇이었을까요. 통일이라고 하면 물론 분단된 민족의 통일을 말하지만, 그에게 통일은 남한과 북한의 통일만을 의미하지 않았습니다. "이 민족은 휴전선을 사이에 두고 남북으로 갈라져 있는 것만이 아닙니다. 우리는 남자와 여자로, 도시민과 농민으로, 고용주와 피고용자로 등등 사회학적으로 분열되어 있습니다. 그것을 크게 보아서 지배자와 피지배자로 갈려져 있다고 하겠습니다. 이 사회의 주종 관계를 일소하는 일을 민주화 작업이라고 한다면, 그것이 그대로 지배자와 피지배자로 분열되어 있는 민족을 통일하는 일입니다."(「방북 관련 재판 상고이유서」에서)

마침내 새 세상을 꿈꾸던 문익환은 1989년 북한을 방문합니다. 당시에는 그의 북한 방문을 두고 모험주의라든지 낭만적 영웅주의라는 비난도 없지 않았습니다만, 그는 남과 북이 손을 맞잡고 이야기할 수 있다는 것을 몸소 보여 주었습니다. 그의 어머님 말씀처럼 목사가 아니라면 누가 김일성을 안아 줄 수 있겠습니까. "익환이가 일흔두 살이지만 내게는 아들이오. 내가 아들에게

잠시 할 말이 있소. 익환아, 예수님이 십자가를 메고 골고다를 향해 오르는 심정으로 재판을 받아라. 그리고 재판장은 문 목사가 김일성을 안았다고 여기 세웠는데 목사 아니면 누가 김일성을 안아 주겠습니까. 목사는 하느님이 주신 천직이오."

하지만 출옥한 그는 1994년 1월 18일 갑자기 쓰러져서 돌아오지 못할 길을 떠나고 말았습니다. 문익환이 통일 운동이라는 가시밭길을 걸었던 사람이었다는 사실만큼은 누구도 부정할 수 없을 것입니다.